百年新诗代表作

1949—2017

张贤明 编著

U1074942

中国出版集团
现代出版社

新诗百年　星光满天

2017年是新文化运动一百年，也是中国新诗诞生一百年。

一百年前，受西方文化的影响和新文化运动的呼唤，中国新诗横空出世，应运而生。百年来，中国新诗走过了从无到有、从幼稚到趋于成熟、从简单到日渐精彩的过程。这期间，陆续问世的新诗何止成千上万，其中的佳作可谓繁星满天。

20世纪末以来，围绕百年新诗话题编选的新诗选本已有多个品种，有单卷本、几卷本和十几卷本。尽管这些选本各有特色和代表性，但百年间的新诗，单卷本很难反映新诗的全貌，一些优秀的新诗由于篇幅所限，难以进入广大新诗爱好者的视野。多卷本又带有一定的文献性质，新诗研究者当然欢迎，但对于新诗爱好者显然有些超量，难以在短时间内读到最精彩的部分。鉴于此，在新诗诞生百年这个值得隆重纪念的时间节点上，现代出版社推出了既体现普及性又有代表性的《百年新诗代表作》，将近200首优秀新诗代表作集中推送到读者面前，这无论是对于诗歌创作、文学出版，还是对诗歌爱好者以及广大的读者来说，都是一份珍贵的礼物。

总览这两卷诗选，有如下特点：

一是所选诗歌紧扣了时代主题，弘扬了时代精神。

三十余年的中国现代文学所呈现的“启蒙、救亡和翻身”三大主题，同样也是入选新诗要力求表达的主题。如胡适1917年创作的《鸽子》，把新文化运动的同道比作自由翱翔的鸽子，表达了新文化运动倡导者的自豪和得意。沈尹默的《月夜》，显示了一代青年知识分子的觉醒与自立。郭沫若的《立在地球边上放号》分明是写新思潮、新思想、新力量对一代新人发出了召唤。在进入抗战和救亡的年代，《义勇军进行曲》以高昂激越、铿锵有力的旋律，唤醒国人“万众一心”，共同抗敌，鼓舞人心，催人奋进，成为中华民族永恒的旋律。艾青的《我爱这土地》真切表达了所有爱国者的心声。张光年的《五月的鲜花》和《黄河大合唱》、田间的《假使我们不去打仗》等诗词所唤起的抗日情绪更是在最高点释放。而李季的《王贵与李香香》、阮章竞的《漳河水》则生动描写了一代年轻人对于苦难的不屈抗争和翻身解放的喜悦心情。可以说，选入“1917—1949卷”中的诗歌对中国现代文学三大主题的展现是丰富的、多角度的。

同样，中国当代新诗也走过了歌颂、求真与奋进的历程。收入“1949—2017卷”的新诗，有对新时代新生活的倾情歌唱，如胡风的《晨光曲》、公刘的《上海夜歌》、沙白的《水乡行》、贺敬之的《桂林山水歌》、陈晓光的《在希望的田野上》、王小妮的《我感到了阳光》、张枚同的《年轻的朋友来相会》、胡宏伟的《长江之歌》、海子的《面朝大海，春暖花开》、黄礼孩的《谁跑得比闪电还快》等。有对崇高爱情的歌咏，如尹宜公的《小河淌水》、闻捷的《苹果树下》、林子的《给他——爱情诗十一首（选一）》、白萩的《昨夜》、舒婷的《致橡树》、沙鸥的《新月》、席慕蓉的《一棵开花的树》、夏宇的《甜蜜的复仇》、张枣的《镜中》、苏金伞的《埋葬了的爱情》等。“文革”后期和改革开放初期，反思与求真成为了新诗的主基调，如食指的《这是四点零八分的北京》、曾卓的《悬崖边的树》、牛汉的《半棵树》和《悼念一棵枫树》、流沙河的《哄小儿》、蔡其矫的《祈求》、北岛的《回答》、顾城的《一代人》、王家新的《帕斯捷尔纳克》等。

二是所选诗歌汇集了主要诗歌流派，涵盖了多种诗歌风格。

编者的编选工作是一个反复比较的过程。选本“规模适度”，所选诗歌强调普及性与代表性的统一。一般而言，一位诗人尤其是优秀诗人，其代表作品往往都不止一首，但要体现代表性，就要坚持“优中选优”，体现出编选者的眼光和用心。细细品味选本，读者会发现，创造社、湖畔诗社、新月派、象征派、现代派、七月派、九叶派、社会主义现实主义诗群、台湾现代派诗群、台湾蓝星诗群、台湾创世纪诗群、朦朦诗派、新边塞诗派、莽汉主义诗群、知识分子写作诗群、民间写作诗群等诗歌流派均有代表性诗作入选；诗歌中的革命性鼓动、浪漫性抒情、否定性批判、古典性追求、文化性寻根以及口语化写作，在这两卷书中都能找到它们的身影。改革开放以来，少数民族诗人的兴起和女性诗歌的繁荣也恰到好处地在这两卷书中得到呈现，前者以吉狄马加等为代表的少数民族诗人，为当代诗坛带来新的诗歌元素。后者以翟永明、伊蕾等为代表的一批女诗人，她们在创作中大胆表现女性生活，关注女性命运，呼唤女性觉醒。世纪之交，女性诗歌呈燎原之势，其繁荣景象，超过了历史上的任何时期，释放出空前的创造力。细心的读者从女诗人的作品中可以品味其独特魅力。

三是选本的体例、开本和赏析文字都体现了“读者至上”。

为选入更多优秀诗人的精品佳作，编选者试图兼顾诗歌的影响力和读者的认知度，入选作品多以短诗为主。诗界的共识是诗歌以短为美，许多好诗往往就是短诗。古往今来人们口耳相传、吟诵得最多的正是那些短小精悍的诗。这样就能记住它们的“亮点”：也许是语言，也许是境界，也许是色彩，也许是节奏，也许是某种生活，也许是某种情绪。入选诗作正体现了这些重要元素。编排上采用编年体的形式，以诗人创作时间的先后排序，使得选本具有了文献价值。全书给每一首诗歌安排了“作者简介”和“作品简析”，并采用对开版式呈现，极大地方便了读者的阅读和理解。“作品简析”体现了编选者对每一首诗歌的理解和体悟，其中对一些诗歌的简析不乏诗意地解读。如林子的《给他》(组诗选一)，编选者将其理解为“爱在等待”和“爱在寻找”，符合抒情主人公的心理状态。再如对台湾诗人非马的《看划龙船》的分析既符合诗歌本意，又有诗意的升华。所有“作品简析”都简短好读，点到为止。

记得有一首《游园》诗，其中有这样两句：“一人带走一片风景，风景还在吸引着游人。”这两册薄薄的新诗选本，也构成了一道道诗意风景，读者闲暇翻阅，就会被其中的诗情画意所感染，并让这些诗歌成为心中永恒的风景。

诗歌的魅力常在，诗歌爱好者就会络绎不绝地观赏这一片风景！

张贤明

2017 年 7 月于北京

目　录

1949–1959

1960–1969

1970–1979

—→ *1980–1989* ←—

—→1990–1999←—

—→2000–2017←—

我们最伟大的节日

何其芳

1949 年 9 月 21 日，中国人民政治协商会议第一届全体会议在北京开幕。毛泽东主席在开幕词中说："我们团结起来，以人民解放战争和人民大革命打倒了内外压迫者，宣布中华人民共和国的成立了。"他讲话以后，一阵短促的暴风雨突然来临，我们坐在会场里也听到了由远而近的雷声。

9 月 31 日，中国人民政治协商会议第一届全体会议选出了以毛泽东主席为首的中央人民政府委员会，胜利闭幕。10 月 1 日，北京人民 30 万人在天安门广场庆祝中华人民共和国中央人民政府的成立。新的国旗在广场中徐徐上升。毛泽东主席宣读中央人民政府公告。公告宣读毕，阅兵式开始，最后群众队伍从广场绕到主席台下，热烈欢呼："中华人民共和国万岁！""毛主席万岁！"毛泽东主席在广播机前大声地回答："同志们万岁！"

一

中华人民共和国
在隆隆的雷声里诞生。

是如此巨大的国家的诞生，
是经过了如此长期的苦痛
而又如此欢乐的诞生，
就不能不像暴风雨一样打击着敌人，
像雷一样发出震动世界的声音……

二

多少年代，多少中国人民

在长长的黑暗的夜晚一样的苦难里
梦想着你，
在涂满了血的荆棘的道路上
寻找着你，
在监狱中或者在战场上
为你献出他们的生命的时候
呼喊着你。

多少年代，多少内外的敌人
用最恶毒的女巫的话语
诅咒着你，
用最顽强的岩石一样的力量
压制着你，
在你开始成形的时候
又用各种各样的阴谋诡计
来企图虐杀你。

你新的中国，人民的中国呵，
你终于在旧中国的母体内
生长，壮大，成熟，
你这个东方的巨人终于诞生了。

三

终于过去了
中国人民的哭泣的日子，
中国人民的低垂着头的日子；
终于过去了
日本侵略者使我们肥沃的土地上长着荒草，
使我们肚子里塞着树叶的日子；

终于过去了
美国吉普车把我们像狗一样在街上压死，
美国大兵在广场上强奸我们妇女的日子；

终于过去了
中国最后一个黑暗王朝的统治！

四

蒋介石，帝国主义和封建主义杂交而生的蒋介石，
现代中国人民的灾难的代名词，
他用血来吓唬我们，
他把中国人民的血染遍了中国的土地。

但中国人民并没有被征服。
前年十月，
毛泽东指挥我们开始大进军，
并颁布了一连十五个“打倒蒋介石”的口号。

那是中国人民在心中郁结了许多年的仇恨。
那是最能鼓舞我们前进的动员令。
我们打过了黄河，打过了长江，
蒋介石匪帮
就像兔子一样逃跑，惊慌。

毛泽东，我们的领导者，我们的先知！
他叫我们喊出打倒日本帝国主义，
日本帝国主义就被我们打倒了！
他叫我们喊出打倒蒋介石，
蒋介石就被我们打倒了！
他叫我们驱逐美帝国主义出中国，

美帝国主义就被我们驱逐出去了！

都打倒了，都滚蛋了，都崩溃了，
所有那些驶行在我们内河里的外国的军舰，
所有那些捆绑着我们的条约，法律，
所有那些臭虫，所有那些鹰犬！
虽说他们现在还窃据着几小块土地
像打破了船以后抓着几片木板。
很快就要被人民战争的波涛所吞没了！

毛泽东呵，
你的名字就是中国人民的力量和智慧！
你的名字就是中国人民的信心和胜利！

五

毛泽东向世界宣布：
中华人民共和国诞生了。

毛泽东向世界宣布：
我们已经站起来了，
我们再也不是一个被人侮辱的民族了。

欢呼呵！歌唱呵！跳舞呵！
到街上来，
到广场上来，
到新中国的阳光下来，
庆祝我们这个最伟大的节日！

六

北京和延安一样充满了歌声。

五星红旗在这绿色的城市中上升。

密集的群众的海洋：
无数的旗帜在掌声里飘动
就像在微风里颤动的波浪。

在毛泽东主席的面前
我们的海军走过，
我们的步兵走过，
我们的炮兵走过，
我们的战车走过，
我们的骑兵走过，
我们的空军在天空中飞行，
群众的队伍从广场上绕到
毛泽东主席的面前来喊着：
“毛主席万岁！”
毛泽东主席回答着：
“同志们万岁！”
这是何等动人的欢呼！
这是何等动人的领袖与群从的关系！

跳跃着喊！
舞动着两个手臂喊！
站在主席台下望着毛泽东主席不愿离开地喊！
把这个古老的城市喊得变成年轻！
把旧社会留给我们身上的创伤和污秽
喊掉得干干净净！

举着红灯的游行的队伍河一样流到街上。
天空的月亮失去了光辉，星星也都要躲藏。

呵，我们多么愿意站在这里欢呼一个晚上！
我们多么愿意在毛泽东的照耀下
把我们一生献给我们自己的国家！

七

让我们更英勇地开始我们的新的长征！
我们已经走完了如此艰辛的第一步，
还有什么能够拦阻
毛泽东率领的队伍的浩浩荡荡的前进！

选自《人民文学》第1卷第1期，1949年10月25日

【作者简介】

何其芳（1912—1977），原名何永芳，重庆市万县人。现代诗人，文学评论家。20世纪30年代即以诗文闻名。1938年去延安，在鲁迅艺术学院任教，曾任文学系主任。一度随贺龙部队去晋西北和冀中抗日根据地工作。1949年后历任中国作家协会书记处书记、中国科学院文学研究所所长、《文学评论》主编等。著有诗集《燕泥集》《预言》《夜歌》及诗论《关于写诗与读诗》等。

【作品简析】

1949年6月，中国人民政治协商会议筹备会议决定，1949年10月1日在天安门广场举行开国大典。10月1日下午3时，毛泽东主席在天安门城楼上向全世界庄严宣告："中华人民共和国中央人民政府今天成立了！"首都北京30万军民在天安门广场举行隆重的庆祝活动。随后的盛大阅兵式和游行活动直到当晚9时才结束。长达三年没有写诗的何其芳被壮观热烈的喜庆场面所感染，他拿起诗笔创作了这首诗，刊发在1949年10月的《人民文学》创刊号上。可以说，《我们最伟大的节日》开启了当代抒情诗的颂歌时代。诗人满怀深情地唱出了新中国的第一首颂歌，深刻表达了全国各族人民对于新中国成立这一"伟大的节日"的欢欣与自豪，同时也形象地揭示了胜利的来之不易。

诗的第一部分写轰鸣的雷电把一个受苦受难的民族带到了新的起点上，新中国的诞生伴随着"隆隆的雷声"，因而她的诞生是"欢乐的诞生"，但也"经过了如此长期的苦痛"。第二部分写人民的胜利来之不易。无数先烈献出了宝贵的生命，而"多少内外的敌人"又"企图虐杀"新中国的诞生。第三部分以四个排比，抒发中国人民长期忍受苦难的日子"终于过去了"。第四部分写人民领袖的丰功伟绩："帝国主义和封建主义"终于被赶跑，"蒋介石匪帮"终于被打倒。第五、六部分以直观形象的诗句书写开国大典盛况，领袖与人民水乳交融的关系，胜利者终于露出了微笑。第七部分抒发诗人的壮志豪情：满心欢喜地迎接新时代的到来，呼唤"开始我们的新的长征"。

这首诗在艺术上突出的特色：一是开启了中国当代抒情诗领域的颂歌门类，使得诗和时代、诗和现实生活、诗和人民的关系联系得更紧密。二是在雷声般雄浑激昂的主基调中仍保持着深沉细腻的抒情特色。三是诗中多处运用排比手法，有利于形成反复回旋、一唱三叹的抒情气氛，增强了诗歌表达的艺术效果。

追　求

覃子豪

大海中的落日
悲壮得像英雄的感叹
一颗星追过去
向遥远的天边

黑夜的海风
刮起了黄沙
在苍茫的夜里
一个健伟的灵魂
跨上了时间的快马

一九五〇年八月花莲港

选自《覃子豪诗选》，香港文艺风出版社 1987 年版

【作者简介】

覃子豪（1912—1963），本名覃荃，学名覃基，四川广汉人。现代诗人、现代诗教育家、台湾现代诗坛三元老之一。1932年考入北平中法大学，1935年毕业后赴日本东京中央大学留学，1938年回国参加"抗战"。1947年到台湾，曾主编《自立晚报》的《新诗周刊》。1954年与钟鼎文、余光中等创办蓝星诗社，并任社长，负责编辑《蓝星诗周刊》《蓝星诗季刊》等。曾担任台湾中华文艺函授学校诗歌班班主任，培养大批青年诗人。曾与纪弦就新诗创作问题展开论战，主张中国新诗应坚持民族主义精神。1962年赴菲律宾讲学，客死他乡。著有诗集《自由的旗》《永安劫后》《海洋诗抄》《向日葵》《画廊》等。

【作品简析】

《追求》描画了一幅关于"英雄"的画像。它通过两个精彩的动感画面展现，诗意地传达出作为"英雄"应该追求的人生境界与人生价值。给予读者无限的想象空间，激发读者的审美探求。

全诗分为两节。第一节起句的"大海中的落日／悲壮得像英雄的感叹"为实写，其中"感叹"最为传神。因为感叹能表现出整个生命带着声音沉落的景象，诗人不仅看到了大海中悲壮的落日，也仿佛听见了"英雄"的感叹。光照白昼，拥抱世界的太阳，在傍晚已成"落日"，到了它谢幕时分。然而，"德不孤，必有邻"，就在"日落"的这一刻，奇迹出现了，动感画面产生了。日落之后是黄昏，星斗临空，忽见一颗爱慕太阳的星星追过去了。"一颗星追过去／向遥远的天边"这两句虽是虚写，可在诗人的笔下，也是写实。在无尽的海面，出现这样的画面，顿觉时空旷大，意象壮美，超越了现实境界。黄昏之后是黑夜，第二节前两句为实写，"黑夜的海风／刮起了黄沙"，四周墨黑，海风呼啸，黄沙飞扬，这是一幅诉诸直觉的画面，令人如见如闻，留下了供读者畅想的空间。紧接着的后面三句诗是虚写，"在苍茫的夜里／一个健伟的灵魂／跨上了时间的快马"。全诗以虚写结束，快马之暗写"追"与"一颗星追过去"之明写"追"，从隐与显两方面扣紧题旨，构成了朦胧而可供求索的艺术天地。"一个健伟的灵魂"显然是写的诗人自己。"跨上了时间的快马"彰显有价值的人生必须有高远的追求！

全诗为读者创造了身临其境的实境和引人想象飞腾的虚境。诗人在艺术上追求虚实结合，写实又超实，送给读者无尽的回味与激励。

晨光曲

胡　风

我是一个人
我有一颗心
一颗血肉的生命
一团火热的青春

我要走出门去!

黎明微笑的时候
我走出门去
大气生光的时候
我走出门去
小草伸腰的时候
我走出门去
露珠睒眼的时候
我走出门去
鸟儿歌唱的时候
我走出门去
蚂蚁上工的时候
我走出门去……
土地流泪的时候
我走出门去!
汽笛怒吼的时候
我走出门去!

我的血里
流着痛苦的奶汁
我的脸上
沾着慈爱的泪水
我的胳膊和肩头
涨着劳动的勇气……

生我的母亲呵
为了你
我走出门去!

母亲、母亲呵
你的奶汁哺养了我
你的泪水烧痛了我
你的勇气鼓动了我
我要走出门去
我要走出门去

门外
有火一样闪闪的阳光
门外
有大海一样的远景
门外
劳动者同志在艰辛地劳动
战斗者同志在英勇地战斗
创造发明者同志在发挥着智慧
我要做他们的学生
我要走出门去

向前
我要走进他们里面
我要成为他们的同志
我要走出门去、走出门去

1951 年未完稿，1980 年底改成。

选自《北京文学》，1981 年第 6 期

【作者简介】

胡风（1902—1985）原名张光人，笔名谷非、谷风、张果、胡丰、顾风等。湖北蕲春人。文学理论家、诗人。1920 年就读于武昌和南京的中学，1925 年进北京大学预科，后改入清华大学英文系。不久辍学，回乡参加革命活动。20 世纪 30 年代初参加左翼文艺活动，任中国左翼作家联盟宣传部长、行政书记。1936 年提出了“民族革命战争的大众文学”的口号，由此引发一场论争。抗战后辗转于汉口、重庆、香港、桂林等地从事抗战文艺活动。主编《七月》杂志，编辑出版《七月诗丛》和《七月文丛》，对七月派的形成和发展起了重要作用。1954 年 7 月，胡风就文艺问题陈述自己的意见，1955 年被打成“胡风反革命集团”，1978 年 12 月恢复名誉。此后，曾任全国政协常务委员会委员、中国文联第四届委员、中国作协顾问等。著有诗集《野花与箭》《为祖国而歌》《时间开始了》等。

【作品简析】

《晨光曲》是诗人胡风为刚刚诞生的中华人民共和国创作的一系列颂歌之一的《青春曲》中的选章，又名《前进曲》。1951 年，诗人初写此诗时正当中年，而完成这首诗时已经年迈。联系诗人坎坷的人生经历，诗中反复发出“我要走出门去”的呼唤，既包含了诗人的半世辛酸，更表达出了对祖国光明前景的无限向往。

全诗共七节。第一节四行诗句以“我有一颗心 / 一颗血肉的生命 / 一团火热的青春”给全诗定下了真诚坦率、坚定自信的基调。第二节只有一句“我要走出门去”，既是指诗人要投入火热的生活，也是暗喻必须走出囚禁诗人的牢狱之门，投入新时代的建设中去。第三节八个排比句真挚又急切地表达了诗人所热爱的自然与人生。第四、五节里，诗人动情地写到了神圣而伟大的母爱，这既是指生身母亲，也是指祖国大地。第六节写诗人立志向一切“劳动者”“战斗者”和“创造发明者”学习。第七节写诗人想成为一切“劳动者”“战斗者”和“创造发明者”的同志，成为他们中的一分子。

这首抒情诗融入了诗人大半辈子的情感积淀，诗文不长，但感情饱满真挚，大量运用排比句，有利于宣泄诗人潜藏心底多年的激情。全国解放之初，胡风有感于新时代的到来，他连续创作了《欢乐颂》《光荣赞》《青春曲》《英雄谱》和《胜利颂》五部长诗，表达了对伟大祖国、人民领袖、民族英雄和劳动人民的由衷歌颂。胡风一生诗人本色，而曲折的命运令人叹惜。

你的名字

纪　弦

用了世界上最轻最轻的声音，
轻轻地唤你的名字每夜每夜。

写你的名字。
画你的名字。
而梦见的是你的发光的名字：

如日，如星，你的名字。
如灯，如钻石，你的名字。
如缤纷的火花，如闪电，你的名字。
如原始森林的燃烧，你的名字。

刻你的名字！
刻你的名字在树上。
刻你的名字在不凋的生命树上。
当这植物长成了参天的古木时，
啊啊，多好，多好，
你的名字也大起来。

大起来了，你的名字。
亮起来了，你的名字。
于是，轻轻轻轻轻轻地唤你的名字。

一九五二年作于台北

选自《槟榔树甲集》，台湾现代诗社 1967 年 6 月版

【作者简介】

纪弦（1913—2013），原名路逾，笔名路易士、青空律。原籍陕西周至，生于河北清苑，生长于扬州。台湾现代诗坛三元老之一。1929年以路易士为笔名开始写诗。1933年毕业于苏州美术专科学校。1934年创办《火山》诗刊。1936年4月东渡日本，6月回国与徐迟、戴望舒合作创办《新诗》月刊。抗战胜利后始以纪弦为笔名写稿。1948年冬去台湾。1953年2月创办《现代诗》季刊，这是台湾第一个有现代诗追求的诗刊，提倡新现代主义。1956年1月组织现代诗社。1976年赴美定居。著有《摘星的少年》、《易士诗集》、《饮者诗抄》、《槟榔树》（五种）、《半岛之歌》、《晚景》、《第十诗集》等。

【作品简析】

这首诗以“你的名字”为诗题，“你的名字”——实则是“我”的恋人的化身。

全诗分为五节。诗的第一节只有两行诗，却写得很深情：“用了世界上最轻最轻的声音／轻轻地唤你的名字每夜每夜。”“每夜每夜”都在唤“你的名字”。“呼”“唤”有声，是听觉意象，发自内心，无比深情。“最轻最轻”“轻轻”，叠字的使用，情意绵绵。

诗的第二节和第三节极富动感。是说“你的名字”——“亮起来了”：“写你的名字／画你的名字。而梦见的是你发光的名字。”又“写”又“画”，还“梦见”；这些都是视觉意象。名字会“发光”，虽是有点夸张，但梦中倒也合情合理。在诗的第三节里，诗人连用了七个比喻来比拟恋人“发光”的名字：“日”“星”“灯”“钻石”“缤纷的火花”“闪电”以及“原始森林的燃烧”，它们同为发光体，而将这些绚丽多姿的形象组合成一个意象。淋漓尽致地抒发了抒情主人公对恋人的思念。

诗的第四节是说“你的名字”“大起来了”：“刻你的名字！／刻你的名字在树上。／刻你的名字在不凋的生命树上。／当这植物长成了参天古木时，／呵呵，多好，多好，／你的名字也大起来。”这里，意象转换成“生命树”。待“生命树”“长成了参天的古木时”，“你的名字”也会长大起来。

在诗的第五节里，诗人把情感顺理成章地推向高潮。“你的名字”在“我”的心目中“大起来了”“亮起来了”。结句回应开篇，结构很完整。

全诗大量运用排比，一唱三叹，一气呵成，有回肠荡气之势。

小河淌水（云南民歌）

尹宜公

哎——
月亮出来亮汪汪
亮汪汪
想起我的阿哥在深山
哥像月亮天上走
天上走
哥啊哥啊哥啊
山下小河淌水
清悠悠

哎——
月亮出来照半坡
照半坡
望见月亮想起我阿哥
一阵清风吹上坡
吹上坡
哥啊哥啊哥啊
你可听见阿妹
叫阿哥

选自 1953 年北京全国民族歌舞汇演歌曲曲目

【作者简介】

尹宜公（1924—2005），曾用名赵华、赵定华，云南弥渡县人，当代词曲作家。1944年参加革命，历任中共云南大学学生自治会负责人、中共峨山县工委委员、“边纵”八支队特派员、弥渡区区委书记。解放后曾任中共滇西地委委员、宣传部部长和楚雄、思茅地委宣传部副部长等职。1958年被错划为“右派”。1979年平反后任思茅地委副秘书长、民族事务委员会主任、政策调研室主任、云南《民族工作》杂志主编等。1986年离休后至1988年任云南民族出版社代总编。2005年6月，著有《〈小河淌水〉纪事》。

【作品简析】

《小河淌水》是一首情歌。表现的是一位妙龄少女对她心爱的“阿哥”的深情思念。这首歌原名《月亮出来亮汪汪》，其词曲皆由尹宜公创作完成。正式发表时，尹宜公采纳云南大学《教学唱》主编江鸳建议，用了《小河淌水》作为词曲名称。1953年，这首歌参加了全国民族歌舞汇演，随后又在布达佩斯世界青年联欢节上演唱，《小河淌水》就此迅速在海内外流传开来。现今被西方音乐界誉为“东方小夜曲”，成为唯一入选美国音乐教材的中国民歌。

《小河淌水》全词分为两段。写得极富浪漫情调与民歌色彩。第一段写妙龄少女“想起我的阿哥”却看不见他，因为“阿哥在深山”。她想念至极出现幻觉：“哥像月亮天上走，天上走”，这女子突然发现月亮游走在天上，那就是“阿哥”啊，那就是“阿哥”！“清悠悠”写女子透明清澈、纯净如水。第二段写得更奇特、更接地气：“月亮出来照半坡”“望见月亮想起我阿哥”，那妙龄少女不顾一切，她瞬间化成了“清风”，看“一阵清风吹上坡”，风在运动时常常是带着声音的，这声音正是多情的女子在“叫阿哥”。歌词用语中的“亮汪汪”“清悠悠”都是弥渡方言中的形容词。“你可（咯）听见”是弥渡方言语气疑问句，意为“你听没听见”等。

《小河淌水》运用借景抒情的手法，把“哥”和“妹”分别比作天上的月亮和地上的小河和清风，把妙龄少女的美好愿望都融入生动形象的歌词意境之中。明月当空，四周平和宁静，山下小河发出的潺潺流水声，把人们带入诗情画意般的境界中。全首歌词深情、含蓄，寄托着真挚、热烈的感情。2008年北京奥运会《今夜月明》，著名歌唱家张也等众明星又一次向世界唱响了这首有着深远影响的中国民歌。

苹果树下

闻　捷

苹果树下那个小伙子，
你不要、不要再唱歌；
姑娘沿着水渠走来了，
年轻的心在胸中跳着。
她的心为什么跳啊？
为什么跳得失去节拍？……

春天，姑娘在果园劳作，
歌声轻轻从她耳边飘过，
枝头的花苞还没有开放，
小伙子就盼望它早结果。
奇怪的念头姑娘不懂得，
她说：别用歌声打扰我。

小伙子夏天在果园度过，
一边劳动一边把姑娘盯着，
果子才结得葡萄那么大，
小伙子就唱着赶快去采摘。
满腔的心思姑娘猜不着。
她说：别像影子一样缠着我。

淡红的果子压弯绿枝，
秋天是一个成熟季节，
姑娘整夜整夜地睡不着，
是不是挂念那树好苹果？
这些事小伙子应该明白，
她说：有句话你怎么不说？

……苹果树下那个小伙子，
你不要，不要再唱歌；
姑娘踏着草坪过来了，
她的笑容里藏着什么？……
说出那句真心的话吧！
种下的爱情已该收获。

写于 1952—1954 年
乌鲁木齐—北京

选自《人民文学》，1955 年第 3 期

【作者简介】

闻捷（1923—1971）又名赵文节，本姓巫，学名之禄，曾用名巫咸。江苏省丹徒县人。现代诗人。少年时代曾在煤厂当学徒。1938年初到武汉参加抗日救亡演剧活动。1940年由重庆赴延安，在陕北公学学习；1941年在西北文工团工作；1945年到陕甘宁边区的群众日报社任编辑、记者，并写作反映陕甘宁边区军民斗争生活的作品等。解放战争时期，作为记者随军到了新疆，任新华社西北总社采访部主任，1952年任新华社新疆分社社长。曾任中国作协第二届理事、兰州分会副主席。创作以诗歌为主，1955年发表《吐鲁番情歌》等诗作，结集为《天山牧歌》出版。主要作品有诗集《天山牧歌》《祖国！光辉的十月》《生活的赞歌》《河西走廊行》以及长诗《复仇的火焰》等。

【作品简析】

《苹果树下》是诗人闻捷献给新时代青年的一首饱含着清丽、热烈和执着的情歌，而并非是咏物写景诗。全诗歌唱的是解放了的劳动人民的爱情生活，因而又是一首“生活的赞歌”。

这首诗巧妙地将苹果作为一个象征体，使景物与人物的心灵相交融，爱情与劳动相联系，从而细致地刻画了青年男女在热恋中的心理状态，生动地反映了新社会男女青年幸福生活的一个侧面。苹果树下辛勤劳动的小伙子和姑娘唱出的情歌是那样优美动听。从春天的花苞到夏天的青果再到秋天的“淡红的果子压弯绿枝”，这俨然就是青年男女的爱情从萌芽到成熟的一段美好过程。在收获果实的时候，也同时幸福地采摘到爱情的硕果。将追求美妙的爱情与热爱田园劳动相结合，真切地表达了爱情生活中的新内容，有着浓郁的民族气息和时代气息。

全诗构思巧妙，诗人借苹果的逐渐成熟来暗寓爱情的成熟，而且还运用了倒叙的手法，正面写劳动，侧面谈爱情。把追求爱情同创造新生活的劳动相结合，使内容更充实，也使人物更富有情感。诗歌的开头和结尾韵脚相同，句式相近，构成一种首尾回环、复沓的音乐感，也给全诗营造了一种轻松活泼、欢快喜庆的喜剧氛围。

二十四岁

杨　唤

白色小马般的年龄。
绿色的树般的年龄。
微笑的果实般的年龄。
海燕的翅膀般的年龄。

可是啊，
小马被饲以有毒的荆棘，
树被施以无情的斧斤，
果实被害于昆虫的口器，
海燕被射落在泥沼里。

Y·H！你在哪里？
Y·H！你在哪里？

选自《风景》，台湾现代诗社 1954 年版

【作者简介】

杨唤（1930—1954），原名杨森，笔名杨唤、白郁、金马、杨角。辽宁兴城人。台湾现代诗人。十七岁开始，由家乡南下到天津，再由青岛到厦门。1947年曾主编《青岛日报》。1948年在青岛出版个人诗集《乌拉草》。1949年随国民党军队到台湾。1950年开始写儿童诗，成为台湾写现代儿童诗的先行者。1954年因车祸逝世于台北。出版的诗集有《风景》《杨唤诗集》《水果们的晚会》《夏夜》等。杨唤的儿童诗在台湾深受大人、小孩的喜爱，有六七首被选入台湾中小学语文课本。现已出版《杨唤全集》。

【作品简析】

《二十四岁》这首诗表达了诗人杨唤纯真的诗情和对社会人生的拷问。

全诗分为三节。诗的第一节连用四个比喻对二十四岁的年华极尽赞美与渲染。“白色小马”表健壮无比，“绿色的树”状生机旺盛，“微笑的果实”比日趋成熟，“海燕的翅膀”况奋飞的雄心。这些比喻都富于创造性而显示了诗人活跃的想象力，表现了杨唤诗作独特的风格与奇美的想象。

如果说诗的第一节如喷薄而出的朝阳，那么，诗的第二节就是炎夏时节突如其来的雷雨了。“可是啊”语意一转，以“小马”“树”“果实”“海燕”领起而分写它们各自的遭遇，承接第一节的内容而构成强烈的对比与反讽，显示了诗人对于己身不幸的预感和他对于现实社会的理性的诗的批判。

全诗的最后一节是两行反复的呼唤，其中的“Y·H”是杨唤姓名的英文缩写。杨唤于1954年3月不幸因车祸去世，年仅二十四岁。这首诗是他的最后诗作，可谓一诗成谶。

错 误

郑愁予

我打江南走过
那等在季节里的容颜如莲花的开落

东风不来，三月的柳絮不飞
你的心如小小的寂寞的城
恰若青石的街道向晚
跫音不响，三月的春帏不揭
你的心是小小的窗扉紧掩

我达达的马蹄是美丽的错误
我不是归人，是个过客……

作于 1954 年

选自《梦土上》，台湾现代诗社 1955 年 4 月版

【作者简介】

郑愁予（1933—），原名郑文韬，曾用笔名青芦，生于北京。抗战期间，随母亲辗转各地，在避难途中，由母亲教读古诗词，15岁开始创作新诗。1949年随父到台湾。1956年参与创办现代派诗社。1958年毕业于台湾中兴大学，曾在基隆港务局任职多年。1968年赴美国爱荷华大学留学，获艺术硕士学位。后任爱荷华大学讲师、耶鲁大学教授。著有诗集《梦土上》《衣钵》《窗外的女奴》《长歌》等。

【作品简析】

这首诗以江南小城为中心意象，通过“浪子”与“深闺”主题的勾勒，写出了一个多义性的爱情故事，触发读者的联想和想象。

全诗分为三节。第一节两行诗在全诗中低两格排列，具有“诗序”的作用，在意旨和情调上统领全诗。“开落的莲花”倒装为“莲花的开落”，既使诗刚好押韵，有了韵律感，又使诗句的重音落在了“开落”上，使倦守空闺的少妇形象呼之欲出。诗的第二节写爱情的失落，在这一节诗中，有两句比喻刻画了少妇寂寞、闭锁、清幽的心境。这两句本来应该是“你的心恰若向晚的青石街道”“你的心是小小的紧掩的窗扉”，如今诗中倒装成“街道向晚”“窗扉紧掩”，把动态的词语倒装在后，更生动形象地表现了少妇思念“归人”的心理。而诗中写景的句子看似写景，其实是写人，写人似是写少妇“她”，其实又兼有写“我”。诗的末节：“我达达的马蹄是美丽的错误/我不是归人，是个过客……”这位“过客”浪子现在要到哪里去？他过去或许暗恋过“她”？或许两人还发生过一段爱恋的故事？但这一切只是美丽的错误，最终都在“达达”的马蹄声中结束了。

这首诗在艺术上的特色：一是营造了一个含蓄动人的故事情境。二是体现出一种古典美：“容颜”“莲花”“柳絮”“青石”“跫音”“春帏”，都是中国古典诗词中积淀甚久的意象，它们组合在一起则散发出一种浓厚的江南文化气息。“东风不来，三月的柳絮不飞”与“跫音不响，三月的春帏不揭”这两行诗，采用了传统诗歌中隔句对的句法，而“不来”“不飞”“不响”“不揭”这些否定句式，又在彼此相对的位置上呼应反复，使诗具有鲜明的韵律感。三是倒装句的运用，使诗的语言富于变化。

一个黑人姑娘在歌唱

艾　青

在那楼梯的边上，
有一个黑人姑娘，
她长得十分美丽，
一边走一边歌唱……

她心里有什么欢乐？
她唱的可是情歌？
她抱着一个婴儿，
唱的是催眠的歌。

这不是她的儿子，
也不是她的弟弟；
这是她的小主人，
她给人看管孩子；

一个是那样黑，
黑得像紫檀木；
一个是那样白，
白得像棉絮；

一个多么舒服，
却在不住地哭；
一个多么可怜，
却要唱欢乐的歌。

1954 年 7 月 17 日
里约热内卢

选自《艾青诗选》，人民文学出版社 1979 年版

【作者简介】

艾青（1910—1996），原名蒋海澄，浙江金华人。现当代诗人。1928年入杭州国立西湖艺术学院绘画系学习。1929年赴法国留学，专攻绘画，兼写诗歌。1932年回国，在上海加入中国左翼美术家联盟。同年7月被捕入狱。在狱中写成诗作《大堰河——我的保姆》，1935年出狱。1937年抗日战争爆发后，曾在山西民族革命大学任教，后任《广西日报》编辑、重庆育才学校文学系主任。1941年去延安，曾在鲁迅艺术学院任教。抗战胜利后，历任华北大学第三部副主任、华北联合大学文艺学院副院长。新中国成立后任《人民文学》副主编、中国作家协会副主席。1957年被错划为右派，1958年后，在黑龙江、新疆农场劳动。1978年重返诗坛。著有《大堰河》《向太阳》《旷野》《北方》《黎明的通知》《宝石的红星》《归来的歌》《彩色的诗》等。

【作品简析】

这首诗是《南美洲旅行》组诗之一。1954年，艾青受智利众议院议长和智利著名诗人巴勃罗·聂鲁达的邀请，前往南美智利等国进行访问。历时两个月的旅行，诗人的诗情一次又一次被激发起来，写下了一批动人的诗篇。《一个黑人姑娘在歌唱》这首诗从一个侧面揭示了剥削者与被剥削者之间的矛盾，对殖民主义和种族主义提出了强烈的控诉。

这首诗共分五节。前三节，写诗人在巴西里约热内卢偶然看到一个美丽的黑人姑娘，尽管她内心很痛苦，但还是要不停地唱着欢乐的歌曲，给她白色的小主人进行催眠。后两节，诗人抓住这一西方常见的生活情景，描绘了这样一个对比鲜明、反差强烈、让人心酸的画面：“一个是那样黑/黑得像紫檀木/一个是那样白/白得像棉絮”“一个多么舒服/却在不住地哭/一个多么可怜/却要唱欢乐的歌”。诗人在此用浅显的语言表达出对黑人姑娘最真切的同情。

这首诗在艺术特色上，诗人运用对比、衬托的手法，生动地刻画出黑人姑娘埋藏在心中的深沉的哀伤。全诗短小精悍，诗句有如白话，却十分精练，情感表达自然又深沉。小诗有极强的感染力，让人过目不忘。

礁　石

艾　青

一个浪，一个浪，
无休止地扑过来，
每一个浪都在它脚下
被打成碎沫、散开……

它的脸上和身上
像刀砍过的一样
但它依然站在那里
含着微笑，看着海洋……

作于1954年7月25日

选自《艾青诗选》，人民文学出版社1979年版

【作者简介】

见《一个黑人姑娘在歌唱》。

【作品简析】

《礁石》是一首咏物诗。写的虽然是礁石，可诗人力图呈现的是奋斗者的坚韧不拔、顽强拼博的精神，以及智者对于生活的坚定信念。联想诗人的坎坷人生，它也是诗人的自我写照。同时，也是一幅奋斗者的画像。

全诗共两节。第一节写“海浪”:“一个浪，一个浪/无休止地扑过来”,“每一个浪都在它的脚下/被打成碎沫、散开……”这一节描写，突出的是“浪”对“礁石”无休止的打击。不断地扑向礁石的海浪，代表着艰难，也代表着恶势力。而礁石，则是坚强与正义的化身。第二节转而写“礁石”:“它的脸上和身上/像刀砍过一样”,写“礁石”搏击“海浪”难免留下了伤痕,这是“礁石”作为胜利者付出的代价。但诗人在此并未渲染“礁石”的苦难，而是高度赞扬“礁石”作为奋斗者的精神状态。“依然站在那里/含着微笑，看着海洋……”“站”昭示着“礁石”立场的坚定,“微笑”显示了“礁石”面对苦难时的淡定和从容,“看着海洋”，那也是应战者准备战斗的姿态!

这首短诗通过比喻、拟人的手法，为读者提供了“礁石”这样一个值得学习的榜样!全诗语言朴素凝练，描写角度冷静客观，而赋予“礁石”的象征意味，更是把其中的意韵留给读者去体会。该诗自发表以来，一直被中外读者广泛传诵。

让我们荡起双桨

乔　羽

让我们荡起双桨
小船儿推开波浪
海面倒映着美丽的白塔
四周环绕着绿树红墙
小船儿轻轻飘荡在水中
迎面吹来了凉爽的风

红领巾迎着太阳
阳光洒在海面上
水中鱼儿望着我们
悄悄地听我们愉快歌唱
小船儿轻轻飘荡在水中
迎面吹来了凉爽的风

做完了一天的功课
我们来尽情欢乐
我问你亲爱的伙伴
谁给我们安排下幸福的生活
小船儿轻轻飘荡在水中
迎面吹来了凉爽的风

选自 1955 年新中国第一部儿童影片《祖国的花朵》主题歌

【作者简介】

乔羽（1927— ），出生于山东济宁，词作家、剧作家。高中期间当过小学教员，1946 年初入晋冀鲁豫边区北方大学学习，开始在报刊发表诗歌和小说，还写过秧歌剧。1948 年调入华北大学三部创作室，开始专业创作。此后曾任中国歌剧舞剧院院长、中国音乐文学学会主席、中国社会音乐研究会名誉会长、第八届全国政协委员、中国文学艺术界联合会第十届荣誉委员。2010 年，担任北京大学歌剧研究院名誉院长。著名词作有《我的祖国》《牡丹之歌》《人说山西好风光》《让我们荡起双桨》《思念》《说聊斋》《巫山神女》《夕阳红》《难忘今宵》《祖国颂》《播种希望》《一方沃土》《大风车》等。

【作品简析】

《让我们荡起双桨》这首极富诗意的歌词，生动地描写了新中国的少年儿童们在洒满阳光的湖面上，划着小船尽情游玩、愉快唱歌的欢乐景象。歌词赞美了新生的人民共和国，歌唱了新中国少年儿童们的幸福生活。

全词分为三节。第一节描写少年儿童课外活动时在湖上划船及周围的环境，“海面（指北京北海公园的湖面）倒映着美丽的白塔 / 四周环绕着绿树红墙”。第二节描写少年儿童课外活动中满带着幸福感，“水中鱼儿望着我们 / 悄悄地听我们愉快歌唱”，划船时愉快的歌唱引得鱼儿羡慕。第三节描写只有新时代的少年儿童才有这样的幸福生活，“做完了一天的功课 / 我们来尽情欢乐”。整首歌词真切地表现了少年儿童们的心情、趣味和欢乐与幸福。

《让我们荡起双桨》是电影《祖国的花朵》的主题歌曲。至今仍被广泛传唱，几十年经久不衰。歌词采用复沓手法，三节歌词均以“小船儿轻轻飘荡在水中 / 迎面吹来了凉爽的风”结尾，一唱三叹，基调欢快。歌词以口语入诗，朗朗上口，易于传唱。全词准确地表达了少年儿童的心声，融入了伟大的时代精神，至今依然焕发着迷人的艺术魅力。

上海夜歌

公 刘

上海关。钟楼。时针和分针
像一把巨剪，
一圈，又一圈，
铰碎了白天。

夜色从二十四层高楼上挂下来，
如同一幅垂帘；
上海立刻打开她的百宝箱，
到处珠光闪闪。

灯的峡谷，灯的河流，灯的山，
六百万人民写下了壮丽的诗篇；
纵横的街道是诗行，
灯是标点。

作于 1956. 9. 28 上海

选自《在北方》，作家出版社 1957 年版

【作者简介】

公刘（1927—2003），原名刘仁勇，又名刘耿直，江西南昌人。当代诗人。1939年开始写诗，1946年开始使用公刘的笔名创作杂文、诗歌。1949年参加中国人民解放军，随军解放大西南。历任第二野战军四兵团新华社四分社编辑、云南军区《国防战士报》编辑、昆明军区政治部文化部文艺助理员、军委总政治部创作室创作员。1953年加入中国作家协会。1955年发表组诗《佧佤山组诗》《西双版纳组诗》和《西盟的早晨》，并参与搜集、整理了撒尼民歌《阿诗玛》。1957年错划为右派。1979年平反调安徽省文联。曾任第三、第四届中国作协理事，第五、第六届中国作协荣誉委员。著有诗集《边地短歌》《在北方》《白花（红花）》《离离原上草》《仙人掌》《母亲——长江》《骆驼》《相思海》《我想有个家》等。另有诗论集《诗路跋涉》《诗与诚实》。

【作品简析】

上海素有不夜城之称，其夜景既壮观又美丽。1956年国庆前夕，诗人公刘来到上海，以诗人独有的敏感，创作了《上海夜歌》，通过对上海夜景的赞美，热情赞颂了上海人民的辛勤劳动和创造精神。

《上海夜歌》这首短诗只有三节，第一节简写上海关钟楼上的“时针和分针 / 像一把巨剪 / 一圈 / 又一圈 / 铰碎了白天”，上海的白天，在诗人奇特的想象中一笔带过，其构思非常精巧。第二节写上海夜幕降临，灯光涌现又别具匠心，诗人捕捉“灯”这个意象充分展开想象，把偌大的上海浓缩为“珠光闪闪”的“百宝箱”，准确地抓住了上海作为“不夜城”的典型特征。第三节连用三个排比诗句，“灯的峡谷 / 灯的河流 / 灯的山”，把上海这个“百宝箱”又放大了，立体化了；接着，诗人把六百万上海人民比喻为“诗人”，把上海整个城市比喻为“壮丽的诗篇”；“纵横的街道是诗行 / 灯是标点”，不仅透过生活中自然的景象挖掘其中的诗意，而且把事物的思想深度展示在读者面前。

凡是能开的花，全在开放

严　阵

凡是能开的花，全在开放；
凡是能唱的鸟，全在歌唱。
1956 年 9—10 月

选自《诗刊》，1957 年 7 期

【作者简介】

严阵（1930— ），原名阎桂清、阎晓光，山东莱阳人。当代诗人1946年参加革命。曾在胶东书店和胶东日报社印刷厂工作。1950年入华东人民革命大学学习，后在中共安徽省委宣传部工作。1953年任《安徽文艺》编辑、省文联文学组副组长。1954年发表长诗《老张的手》，引起注意。1957年起从事专业创作。后任安徽省文艺创作研究室副主任、中国作协安徽分会副主席、《诗歌报》主编等职。著有诗集《江南曲》《琴泉》《竹茅》等。

【作品简析】

这首短诗的诞生有其时代背景。1956年4月28日，毛泽东主席在中央政治局扩大会议上说："'百花齐放，百家争鸣'，我看这应该成为我们的方针。"由此，繁荣我国文学艺术和社会科学的"双百"方针确定。诗人严阵有感于那百花齐放的时代，就用诗笔艺术而又忠实地记录了那个催人奋进的时代。

短诗就两行，"凡是能开的花，全在开放 / 凡是能唱的鸟，全在歌唱"，花儿盛开，鸟儿欢唱，一个鸟语花香的时代真的到来了！开国之初的全新气象，让诗人心潮荡漾！

短诗中的两个"凡是"和两个"全"在语义上是重复的，但读者并未觉得它重复，反而感到它是一种强调，就是说在这样一个全新的时代，没有花儿不开放，没有鸟儿不歌唱。

海洋抒情诗（选一）

孙静轩

海与城

圆形的、菱形的如宝石雕刻的建筑
像是给这海的城戴上了辉煌的桂冠
而那沿着海岸滚动的雪白的浪花呵
像是在她的胸前挂上了一串一串的银链
哦！青岛，这秀丽无比的海之城呵
宛如一位身着白衣的仙女婷立在海畔
她庄静地凝视着海中的倒影，骄傲地笑了，
内心里充满了不可捉摸的思念
望着这海城迷人的姿色，大海被引得难以自制
它激情地喧嚷着几次想扑上海岸

1957 年 2 月 · 青岛

选自《海洋抒情诗》，新文艺出版社 1958 年版

【作者简介】

孙静轩（1930—2003），原名孙业河，笔名轩。山东肥城人。当代诗人1943年参加八路军。曾任济南市《青年文化》《济南文化》和《山东青年报》编辑、记者。1953年入中央文学讲习所学习。1955年任《西南文艺》诗歌编辑、中国作协重庆分会专业作家、四川省作协专业作家，中国作协四川分会副主席。1958年被错划为“右派”，到农村劳动。1974年调四川省社会科学研究所文学室工作，1979年任四川省作家协会专业作家，后任省作协副主席。著有诗集《我等着你》《唱给浑河》《海洋抒情诗》《黄河的儿子》《七十二天》《母亲的河流》等。

【作品简析】

《海与城》是诗人孙静轩《海洋抒情诗》组诗中的一首，抒发了诗人对海滨城市青岛的诗意印象。

全诗只有十行。首两句“圆形的、菱形的如宝石雕刻的建筑/像是给这海的城戴上了辉煌的桂冠”，把青岛的各式建筑物喻作这位“仙女”头上的辉煌桂冠。第三、四句“而那沿着海岸滚动的雪白的浪花呵/像是在她的胸前挂上了一串一串的银链”，把滚动的雪白浪花比作“她的胸前”挂上了一串一串的银色项链。第五、六句“哦！青岛，这秀丽无比的海之城呵/宛如一位身着白衣的仙女婷立在海畔”，是诗人直接站出来赞美青岛这座美丽的海滨城市。第七、八句“她庄静地凝视着海中的倒影，骄傲地笑了/内心里充满了不可捉摸的思念”，写青岛这位“仙女”的仪态和内心不可捉摸的思绪。第九、十句“望着这海城迷人的姿色，大海被引得难以自制/它激情地喧嚷着几次想扑上海岸”，写“大海”这位多情的男子对这位“仙女”难以自制的激情。

这首诗在艺术上的突出特点，是诗人赋予大海和城市以灵性，把城市和大海拟人化，在诗人的笔下，美丽的青岛宛如一位“仙女”，而“大海”则是一位多情的男子。在具体落墨上，则以衬托的手法，以大海浪花的“激情”来衬托青岛城市的“宁静”。全诗写得凝练含蓄。

给 他（组诗选一）

林 子

只要你要，我爱，我就全给，
给你——我的灵魂、我的身体。
常春藤般柔软的手臂，
百合花般纯洁的嘴唇，
都在等待着你……
爱，膨胀了它的主人的心；
温柔的渴望，像海潮寻找着沙滩，
要把你淹没……
再明亮的眼睛又有什么用，
如果里面没有映出你的存在；
就像没有星星的晚上，
幽静的池塘也黯然无光。
深夜，我只能派遣有翅膀的使者，
带去珍重的许诺和苦苦的思念，
它忧伤地回来了——你的窗户已经睡熟。

作于 1958 年

选自《给他》，香港南华出版社 1983 年版

【作者简介】

林子（1935— ），女，原名赵秉筠，江苏泰兴人。当代诗人。生于云南省昆明市。1956年毕业于云南大学中文系。分配到天津《新港》任诗歌编辑。1960年调至哈尔滨市文联，任《哈尔滨文艺》月刊社编辑、诗歌组组长、市文联创作室创作员。1957年开始发表作品，1981年起从事专业创作。1984年加入中国作家协会。著有诗集《给他》《绿色的梦》等。

【作品简析】

《给他》是诗人林子写的一组爱情诗，这里选析的是其中一首。这首诗借助比喻、象征、拟人等艺术手法表达了抒情女主人公热烈、专一的爱情。

全诗共十五行。开篇即表达了抒情女主人公对于真爱的渴求，“只要你要，我爱，我就全给 / 给你——我的灵魂、我的身体”。这是全身心的奉献！接下来三行诗句，“常春藤般柔软的手臂 / 百合花般纯洁的嘴唇 / 都在等待着你”。这里，诗人把少女“我”的身体具体化，让读者看到了一个张开双臂、翕动嘴唇的天使般少女的美丽形象。接着，诗人将抽象的概念具象化：“爱，膨胀了它的主人的心 / 温柔的渴望，像海潮寻找着沙滩，要把你淹没……”在诗人的诗笔下，抽象的概念“爱”早已化成了有生命的实体，有抒情女主人公“我”的情绪，还有“我”的心态。到此，诗人写的是“我”的一种状态：爱在等待。

接下来写抒情主人公“我”的另一种状态：爱在寻找。这里，“我”的理智与情感交织，迷醉和忧伤同时。“我”的理智仍然强烈地主宰着主人的情绪：“再明亮的眼睛又有什么用 / 如果里面没有映出你的存在 / 就像没有星星的晚上 / 幽静的池塘也黯然无光。”可见，抒情主人公追求的是一种平等的、真诚的“你的眼中有我，我的眼中也有你”的互爱。但真爱又往往不是那么理智的，诗的最后三行就描画了“我”因“爱”迷离恍惚而至迷醉的状态：“深夜，我只能派遣有翅膀的使者 / 带去珍重的许诺和苦苦的思念 / 它忧伤地回来了——你的窗户已经睡熟。”这“有翅膀的使者”当然是指“我”的一颗爱心。思念的时刻就派出“使者”飞到那人儿的身边，结果呢？“它忧伤地回来了”，原来，“你的窗户已经睡熟”。语意双关，一睡一醒，清醒的“我”忧伤愁眠。

桂林山水歌

贺敬之

云中的神呵，雾中的仙，
神姿仙态桂林的山！

情一样深呵，梦一样美，
如情似梦漓江的水！

水几重呵，山几重？
水绕山环桂林城……

是山城呵，是水城？
都在青山绿水中……

呵！此山此水入胸怀，
此时此身何处来？

……黄河的浪涛塞外的风，
此来关山千万重。

马鞍上梦见沙盘上画：
“桂林山水甲天下”……

呵！是梦境呵，是仙境？
此时身在独秀峰！

心是醉呵，还是醒？
水迎山接入画屏！

画中画——漓江照我身千影，
歌中歌——山山应我响回声……

招手相问老人山，
云罩江山几万年？

——伏波山下还珠洞，
宝珠久等叩门声……

鸡笼山一唱屏风开，
绿水白帆红旗来！

大地的愁容春雨洗，
请看穿山明镜里——

呵！桂林的山来漓江的水——
祖国的笑容这样美！

桂林山水入胸襟，
此景此情战士的心——

是诗情呵，是爱情？
都在漓江春水中！

三花酒掺一份漓江水，
祖国呵，对你的爱情百年醉……

江山多娇人多情，
使我白发永不生！

对此江山人自豪，
使我青春永不老！

七星岩去赴神仙会，
招呼刘三姐呵打从天上回……

人间天上大路开，
要唱新歌随我来！

三姐的山歌十万八千箩，
战士呵，指点江山唱祖国……

红旗万梭织锦绣，
海北天南一望收！

塞外的风沙呵黄河的浪，
春光万里到故乡。

红旗下：少年英雄遍地生——
望不尽：千姿万态“独秀峰”！

——意满怀呵，情满胸，
恰似漓江春水浓！

呵！汗雨挥洒彩笔画——
桂林山水——满天下！……

1959年7月初稿

1961年8月整理于北戴河

选自《人民文学》，1961年第10期

【作者简介】

贺敬之（1924— ）山东峄县人，现代剧作家、当代诗人。15岁参加抗日救国运动，1940年到延安入鲁迅艺术学院文学系学习。1945年和丁毅执笔集体创作我国第一部新歌剧《白毛女》，获斯大林文学奖。1946年任华北联合大学文艺学院教员。新中国成立后，历任多家宣传文化单位多个要职，包括文化部副部长、代部长、党组书记等职。著有诗集《朝阳花开》《乡村之夜》《并没有冬天》《放歌集》等。

【作品简析】

《桂林山水歌》是一曲深情的祖国颂，同时又是一篇优美的山水诗，歌咏的是风景甲天下的桂林山水。诗人创作时采用了广大百姓喜闻乐见的民歌体，因而具有浓郁的民歌风味。

这首诗分为三个部分。第一部分共有十节：从开头至“歌中歌——山山应我响回声”，对桂林的“青山绿水”和“水绕山环”的桂林作了仙境般的赞美。第二部分也有十节：从“招手相问老人山”至“使我青春永不老”，历数桂林的特有地貌“老人山”“还珠洞”“鸡笼山”“漓江春水”和当地特产“三花酒”，并结合诗人的诗意感受来抒发对“桂林山水”的至爱亲情。第三部分共有八节：从“七星岩去赴神仙会”至全诗结尾，巧妙自然地引入当地传说中的刘三姐，表达了诗人愿做新时代的歌手，抒发了“要唱新歌随我来”和“战士呵，指点江山唱祖国”的豪迈情怀。可贵的是，全诗没有局限于单纯描摹桂林山水，而是借景抒情地表达了诗人的爱国情怀，“呵！桂林的山来漓江的水/祖国的笑容这样美！”进而抒发一名战士对于祖国的挚爱之情，“三花酒掺一份漓江水/祖国呵，对你的爱情百年醉”。诗的结尾更是由“桂林山水”升华到对伟大的祖国和英雄的人民的深情赞美，“意满怀呵，情满胸/恰似漓江春水浓/呵！汗雨挥洒彩笔画/桂林山水——满天下”，让读者仿佛透过眼前的桂林山水看到另一幅更为壮丽的图景：全国人民正在运用彩笔，挥汗如雨，到处创造“满天下”更新更美的“桂林山水”。这是诗人爱国情怀的真诚流露。

《桂林山水歌》被誉为“中国当代第一山水诗”。全诗借鉴我国古代山水诗借景抒情、以形传神的手法，并娴熟运用了陕北民歌“信天游”的形式，两行一节，如行云流水，音韵节奏和谐，音韵和意境优美，宜于吟咏和歌唱，不愧是贺敬之的短篇抒情诗的代表作品。

昨夜

白萩

昨夜来去的那一个人，昨夜
诉说着秋风的凄苦的
那一个人，昨夜
以水波中的
月光向我
微笑的
那人

以落叶
的脚步走过
我心里的那一个人
昨夜用猫的温暖给我愉快的
那人

唉，昨夜来去的那一个人，昨夜
的云，昨夜来去的那一个人。

选自《创世纪》第15期，1960年5月

【作者简介】

白萩（1937— ）台湾省台中市人，原名何锦荣，现代诗人。中学时代即开始在报刊发表诗作。1956年毕业于台北商业职业学校。1959年加入创世纪诗社。1964年与他人一起筹组笠诗社，曾四度担任《笠》诗刊主编。1985年，白萩因为在新诗方面的成就而在台湾诗坛获新诗奖。主要作品有：诗集《蛾之死》《风的蔷薇》《天空象征》《书颂》《诗广场》《观测意象》《风吹才感到树的存在》《自爱》；论著《现代诗散论》等。

【作品简析】

《昨夜》是一首爱情诗。但诗人写得非常含蓄，因而留给读者很大的想象空间。就像“昨夜”已经过去一样，“昨夜来去的那个人”来了，又匆匆走了，他们之间的爱情应该也是过去式了。但“那个人”与“我”之间是有故事的，有甜蜜，也有烦恼。

十四行诗句共分三节。诗中反复咏叹的“昨夜”，好像是一份留给“我”的关于爱情的记忆，也好像是一份苦难赠予的甜蜜。在第一节诗里，不但有两人之间凄苦的诉说，更有“水波中的月光”一般“微笑的”笑意；在第二节诗里，还有“以落叶/的脚步走过/我心里的那一个人”“用猫的温暖给我愉快的”感受与记忆；然而，在第三节诗里，这些有如“昨夜/的云”，皆已飘飞远去。诗中三处出现“昨夜来去的那一个人”，五处咏叹“那一个人”，无不说明“我”对“那人”依赖之深、影响之大，爱恋之真、思念之切。诗中所写的“昨夜”虽是短暂相聚，却备感温暖。那月光般的微笑，是多么令人回想，那落叶一样的脚步，也可见恋人是多么小心翼翼地走入自己的心灵领地，而“猫的温暖”也只有男女之间卿卿我我时才能体会得出来，这正符合中华民族儿女的爱情审美观。而一声“唉”，却道尽了“我”对情感无定和因缘聚会无定的无奈！昨夜的云彩，明天是否飘然而来，一切交与读者去猜想。

全诗采用回环往复的手法，增添了诗歌一唱三叹之韵味。诗人白萩受古典诗词的浸润，有着很好的古典文学造诣。诗中出现昨夜、秋风、月光、落叶、云等唯美意象，为读者构建了一个唯美、婆娑、空灵、迷离的画面，彰显出全诗富于纯净、唯美、古典的神韵。

上　校

痖　弦

那纯粹是另一种玫瑰
自火焰中诞生
在荞麦田里他们遇见最大的会战
而他的一条腿诀别于一九四三年

他曾经听到过历史和笑

什么是不朽呢
咳嗽药刮脸刀上月房租如此等等
而在妻的缝纫机的零星战斗下
他觉得唯一能俘虏他的
便是太阳

一九六〇年八月二十六日

选自《痖弦诗选》，台北洪范书店有限公司 1988 年版

【作者简介】

痖弦（1932— ）原名王庆麟，河南南阳人。台湾创世纪诗社发起人之一，当代诗人。早年就读于南阳私立南都中学、豫衡联合中学。1949 年，随国民党军队去台。1951 年开始在《现代诗》上发表作品。1966 年赴美国爱荷华大学作家工作室进修，后移居华盛顿，继而入美国威斯康辛大学学习。1969 年任台湾青年写作协会总干事和《幼狮文艺》主编。1970 年任晨钟出版社编辑顾问。1971 年《创世纪》诗刊复刊后任社长。1974 年后任《联合报》副总编辑兼副刊组主任。《联合文学》杂志社社长兼总编辑。现移居加拿大。著有诗集《痖弦诗抄》《盐》《深渊》《痖弦自选集》《痖弦诗集》等。

【作品简析】

《上校》这首诗描绘了一位退伍伤残军人不平凡的过去和凄凉的现在。

全诗分为三节。第一节回忆这位退伍伤残军人有着不平凡的过去："那纯粹是另一种玫瑰／自火焰中诞生／在荞麦田里他们遇见最大的会战／而他的一条腿诀别于一九四三年。"从时间上推断，这位伤残军人参加了伟大的抗日战争，并因此失掉了一条腿。第二节仅一句"他曾经听到过历史和笑"，起到承上启下的作用。第三节从回忆中回到现在，写伤残军人晚景生活的凄凉："什么是不朽呢／咳嗽药刮脸刀上月房租如此等等／而在妻的缝纫机的零星战斗下／他觉得唯一能俘虏他的／便是太阳。"写这位民族功臣当年没有被敌人俘虏，但现在却被生活所累，依靠妻子缝缝补补来养活，他成了妻子的"俘虏"。

痖弦自己曾说过："在题材上我爱表现小人物的悲苦和自我嘲弄，以及使用一些戏剧的观点和短篇小说的技巧。"《上校》在艺术上的一大特点正是它的戏剧性：缝纫机声——开端，联想到"会战"——发展，"伤残"——高潮，"当时未当俘虏，而现在却成了俘虏"——结局。由"妻的缝纫机"的缝纫声联想到当年"荞麦田里他们遇见最大的会战"，真切的生活细节加上时空的交错，使诗的力度和容量大为扩充，构成独特的情感震撼。

麦坚利堡

罗门

超过伟大的

是人类对伟大已感到茫然

战争坐在此哭谁
它的笑声　曾使七万个灵魂陷落在比睡眠还深的地带

太阳已冷　星月已冷　太平洋的浪被炮火煮开也都冷了
史密斯　威廉斯　烟花节光荣伸不出手来接你们回家
你们的名字运回故乡　比入冬的海水还冷
在死亡的喧噪里　你们的无救　上帝的手呢

血已把伟大的纪念冲洗了出来
战争都哭了　伟大它为什么不笑
七万朵十字花　围成园　排成林　绕成百合的村
在风中不动　在雨里也不动
沉默给马尼拉海湾看　苍白给游客们的照相机看
史密斯　威廉斯　在死亡紊乱的镜面上　我只想知道
哪里是你们童幼时眼睛常去玩的地方
那地方藏有春日的录音带与彩色的幻灯片

麦坚利堡　鸟都不叫了　树叶也怕动
凡是声音都会使这里的静默受击出血
空间与时间绝缘　时间逃离钟表
这里比灰暗的天地线还少说话　永恒无声
美丽的无音房　死者的花园　活人的风景区

神来过　敬仰来过　汽车与都市也都来过
而史密斯　威廉斯　你们是不来也不去了
静止如取下摆心的表面　看不清岁月的脸
在日光的夜里　星灭的晚上
你们的盲睛不分季节地睡着
睡醒了一个死不透的世界
睡熟了麦坚利堡绿得格外忧郁的草场

死神将圣品挤满在嘶喊的大理石上
给升满的星条旗看　给不朽看　给云看
麦坚利堡是浪花已塑成碑林的陆上太平洋
一幅悲天泣地的大浮雕　挂入死亡的最黑的背景
七万个故事焚毁于白色不安的战栗
史密斯　威廉斯　当落日烧红满野芒果林于昏暮
神都将急急离去　星也落尽
你们是那里也不去了
太平洋阴森的海底是没有门的

1960 年 10 月

选自《第九日的底流》，蓝星诗社 1963 年版

【作者简介】

罗门（1928— ），原名韩仁存，海南文昌人。当代诗人。1939年日军入侵海南，罗门随家人逃亡到广州。12岁考入空军幼年学校，1949年随学校迁到台湾。1952年，罗门考入台湾民航局，担任图书室管理员。1955年在《现代诗刊》发表第一首诗。曾任民航局高级技术员、民航业务发展研究员，曾为国际诗人协会荣誉会员，并担任蓝星诗社社长。著作有诗集《曙光》《第九日的底流》《死亡之塔》《隐形的椅子》《罗门自选集》《旷野》《日月的行踪》《罗门编年诗选》《整个世界停止呼吸在起跑线上》等。

【作品简析】

麦坚利堡是美国在菲律宾的马尼拉城郊为在第二次世界大战期间在太平洋战争中阵亡的七万美军将士（其中有两万五千人长眠在麦坚利堡）特设的纪念墓地。《麦坚利堡》这首悼亡诗将战争的残酷无情及人在战争中的悲剧性触目惊心地集中展现了出来，被誉为现代汉语诗歌中战争题材领域里程碑式的杰出诗篇。

这首诗除开篇两行“诗序”外，其余的分为五节。诗人将追悼亡灵的情感集中寄托在名字为史密斯和威廉斯的两位年轻士兵身上。第一节拟人化地写“战争”亦笑亦哭，笑的是战争虽然胜利了，但“七万个灵魂陷落在比睡眠还深的地带”，因而“战争坐在此”长哭！第二节写面对战争，就是上帝也没有办法把人给拯救出来。第三节诗人运用强烈的对比，如果这七万条生命还活着，他们的一生将会是多么丰富多彩。而如今的墓园“在风中不动”“在雨里也不动”，生与死的对比，给人一种极为惨烈之状。第四节诗人写史密斯、威廉斯连同七万个彩色的故事，被死亡永远掩埋了。第五节写天黑时分，周围便黯然无声，剩下的只有墓碑和故地。

罗门的这首诗，当然不只是要揭示人类战争的可怕与惨烈，而是要反思战争，进而反思人类在追求“伟大”与“神圣”时又不得不面对“恐怖”与“死亡”的悲剧性困境。战争并没有把人给拯救出来，也没有使人的灵魂得到升华和净化，反而带来一具具令人痛惋的尸体。我们已经无法再用“伟大”二字来形容这种战争，因为我们已经变得麻木和茫然。战争伴随着激烈的炮火，同时也伴随着淋漓的鲜血。全诗的总体色调是冷峻的。

水乡行

沙　白

水乡的路，
水云铺。
进庄出庄，
一把橹。

渔网作门帘，
挂满树；
走近才见
几户人家住。

榴火自红，
柳线舞；
家家门前，
锁一副。

要找人，
稻花深处；
一步步，
踏停蛙鼓。

蝉声住，
水上起暮雾；
儿童解缆送客，
一手好橹。

1961.6

选自《诗刊》，1962年2期

【作者简介】

沙白（1925— ），原名李涛、理陶，笔名鲁氓等，江苏如皋人。1943年上中学时发表诗作，大学肄业。1949年参加工作，先后任地方报社编辑、人民广播电台编辑、纺织厂技术员。1958年调任上海《萌芽》杂志诗歌编辑。1962年到江苏南通市文联工作，历任秘书长、副主席。后为中国作协江苏分会专业作家。曾任中国作家协会江苏分会常务理事，诗歌创作委员会主任委员。著有诗集《走向生活》《杏花春雨江南》《砾石集》《大江东去》《南国小夜曲》《沙白抒情短诗选》《独享寂寞》等。

【作品简析】

《水乡行》是一首田园风景诗。诗人有一次走访了江南水乡，就以诗意化的笔调表现了水乡走访的全过程，让读者感到江南水乡处处充满诗情画意。

全诗共分四节，诗的第一节是远景描写，开篇就出手不凡，把水乡的交通写得极富诗意，“水乡的路 / 水云铺 / 进庄出庄 / 一把橹”，既是大写意，又是大特写。第二节、第三节是近景描写，“渔网作门帘 / 挂满树”“家家门前 / 锁一副”。这里更深一层地点出水乡的特征——树树挂渔网，家家不留人。那么，水乡人呢？第四节诗给出答案，原来他们在“稻海深处”辛勤地劳作。诗的第五节写诗人寻访活动结束，告别水乡时“儿童解缆送客 / 一手好橹”，从而呼应了第一节“进庄出庄 / 一把橹”。

这首诗在艺术上的最大特点是采用白描手法。一会儿是大写意：“水乡的路 / 水云铺”“榴火自红 / 柳线舞”“要寻人 / 稻海深处”“蝉声住 / 水上起暮雾”；一会儿是细节描写或特写：“进庄出庄 / 一把橹”“家家门前 / 锁一副”“一步步，踏停蛙鼓”。将大写意和大特写结合起来，把江南水乡描画得人美景美，有声（蝉声、如鼓的蛙鸣声）、有色（榴红），有动（柳线舞）、有静（锁一副）。读者无须想象，诗意化的江南水乡就令人神往！

望大陆

于右任

葬我于高山之上兮，
望我大陆；
大陆不可见兮，
只有痛哭！

葬我于高山之上兮，
望我故乡；
故乡不可见兮，
永不能忘！

天苍苍，
野茫茫；
山之上，
国有殇。

作于 1962 年 1 月 24 日

选自《于右任诗集》，湖南人民出版社 1984 年版

【作者简介】

于右任（1879—1964）原名伯循，字诱人，后以“诱人”谐音“右任”为名。陕西三原人，祖籍泾阳。中国国民党元老、现代书法家、诗人。七岁入塾学就读，十七岁入县学，二十五岁以第十名考取举人。1905年与震旦学院离校同学创办复旦公学（复旦大学前身），同年又与留日学生在上海创设中国公学。1906年加入同盟会后，先后筹办《神州》《民呼》《民吁》《民立》等报，其中《民立》报为辛亥前后革命的活动阵地，于右任也因此赢得中国近代报业史上“元老记者”的尊称。中华民国建立后，于右任初任南京临时政府交通部次长，后又在国民政府中担任审计院院长、监察院院长等职；1949年新中国成立后，于右任长期寄居台湾，时以诗文抒发思念桑梓、热爱祖国、渴望统一之情。著有《右任诗存》《右任文存》《右任墨存》等。

【作品简析】

《望大陆》作于1962年，原来没有题目。作者仿屈原《离骚》的句法，用近于白话的语言，表达了他对于祖国大陆的眷眷之情以及不能生归的哀痛。

全诗分为三节。第一节：“葬我于高山之上兮，望我大陆。”以“葬我”开篇，带有临终遗言的味道。中国的传统是叶落归根，可诗人自己面临的处境是“叶”将“落”，且要“落”在他乡。人之将死，思念家乡，归之不得，退而求其次，葬于高山之上，能瞭望祖国大陆也行。但清醒的诗人也明白，那只是一种心理安慰。诗人真实的情感包藏不住：“大陆不可见兮，只有痛哭！”既然见之不得，是否就可以绝望地放弃？诗人没有这样的心理，接下来第二节：“葬我于高山之上兮/望我故乡/故乡不可见兮，永不能忘！”故乡已深入到诗人的灵魂里，只要灵魂不死，故乡就永远不会从记忆里消失！第三节：“天苍苍/野茫茫/山之上，国有殇”表达了盼望祖国统一的情怀。

《望大陆》诗中采用参差的句法很好地表达了悲痛、激愤的心情。几十年来，在海峡两岸人民中间传诵不衰。

这是四点零八分的北京

食 指

这是四点零八分的北京，
一片手的海浪翻动；
这是四点零八分的北京，
一声雄伟的汽笛长鸣。

北京车站高大的建筑，
突然一阵剧烈地抖动。
我双眼吃惊地望着窗外，
不知发生了什么事情。

我的心骤然一阵疼痛，一定是
妈妈缀扣子的针线穿透了心胸。
这时，我的心变成了一只风筝，
风筝的线绳就在母亲的手中。

线绳绷得太紧了，就要扯断了，
我不得不把头探出车厢的窗棂。
直到这时，直到这时候，
我才明白发生了什么事情。

——一阵阵告别的声浪，
就要卷走车站；
北京在我的脚下，
已经缓缓地移动。

我再次向北京挥动手臂，
想一把抓住她的衣领，
然后对她大声地叫喊：
永远记着我，妈妈啊北京！

终于抓住了什么东西，
管他是谁的手，不能松，
因为这是我的北京，
这是我的最后的北京。

1968 年 12 月 20 日

选自《食指的诗》，
人民文学出版社 1999 年版

【作者简介】

食指（1948— ），原名郭路生。生于北京。祖籍山东鱼台县。当代诗人。20世纪60年代末开始创作诗歌。1968年底到山西插队，后入伍当兵。作品曾以手抄本的形式在知青中广为流传，对后来的朦胧诗人产生了深刻影响。1997年加入中国作家协会。2001年与诗人海子共同获得第三届人民文学奖诗歌奖。主要作品有诗集《相信未来》《食指、黑大春现代抒情诗合集》《诗探索金库·食指卷》《食指的诗》等。

【作品简析】

食指的早期诗作记录了一代知青的心灵历程。这首诗就是表现诗人当年启程赴山西插队时告别北京的惜别场面和复杂心情，它表达了诗人对未来命运的忧虑。

全诗分为七节。诗的第一节总写离别的场面："这是四点零八分的北京/一片手的海浪翻动/这是四点零八分的北京/一声雄伟的汽笛长鸣。"诗人把对北京的记忆如此准确地定格在"四点零八分"，从视觉（"一片"）和听觉（"一声"）两方面来写送别的场面，让读者刻骨铭心。第二节写火车准备开动："北京车站高大的建筑/突然一阵剧烈地抖动/我双眼吃惊地望着窗外/不知发生了什么事情。"这里，借火车开动前的震动所形成的对建筑物的抖动感觉，反衬诗人的单纯，连"建筑物"都有反应，而诗人竟"不知发生了什么事情"。第三、四节通过写诗人的心理感受："我的心骤然一阵疼痛""我的心变成了一只风筝"，含蓄地表达出诗人自己对未来命运的忧虑。第五节写火车缓缓开动，时代的"声浪"无情地卷走了一代知青，其中当然包括我们的诗人。第六、七节写："我再次向北京挥动手臂/想一把抓住她的衣领""终于抓住了什么东西/管他是谁的手，不能松"。表现诗人匆忙离别时依依不舍的恐慌。

这首诗与食指的其他诗一样，遵从了四行一节，在轻重音不断变化中求得感人效果的传统方式，以语言的时间艺术与中国画式的空间艺术相结合，实现了食指反复讲述的"我的诗是一面窗户，是窗含西岭千秋雪"的艺术追求。这首诗在艺术上的特点，一是诗人捕捉火车开动这一特定时刻，借鉴摄影艺术中的特写，将惜别的感情推向极致。二是叙事和抒情相结合的手法，既写了告别北京的悲壮场面，记录了个体的真实遭遇，又抒发了诗人惜别北京、依恋北京的纯真情绪。

悬崖边的树

曾　卓

不知道是什么奇异的风
将一棵树吹到了那边——
平原的尽头
临近深谷的悬崖上

它倾听远处森林的喧哗
和深谷中小溪的歌唱
它孤独地站在那里
显得寂寞而又倔强

它的弯曲的身体
留下了风的形状
它似乎即将倾跌进深谷里
却又像是要展翅飞翔……

1970 年

选自《悬崖边的树》，四川人民出版社 1981 年版

【作者简介】

曾卓（1922—2002），原名曾庆冠。笔名柳红、马莱、阿文、方宁、方萌、林薇等。原籍湖北省黄陂县，生于武汉。1936 年参加中华民族解放先锋队。抗日战争期间在重庆开始诗歌创作。1941 年与诗友组成诗垦地社，参与编辑出版《诗垦地丛刊》。1943 年就读于重庆中央大学历史系，并编辑《诗文学》杂志和《诗文学丛刊》。1947 年大学毕业后，曾任中学教员，后主编汉口《大刚报》副刊《大江》。新中国成立后，任《大刚报》副总编辑、《长江日报》社副社长、武汉市文联副主席。1955 年，受胡风错案株连。1961 年至1979年在武汉话剧院任编剧。1979年12月正式平反。任中国作协理事、武汉市文联副主席、湖北省作协副主席等职。著有诗集《门》《悬崖边的树》《老水手的歌》及诗论等多种。1994 年出版《曾卓文集》三卷。

【作品简析】

这首短诗为读者塑造了一棵“树”的形象，它像黄山上的迎客松一样，叫人过目难忘。全诗明明白白是写树，但更是写人，它描绘了历经艰难而又怀着坚定信念的中国知识分子形象。

全诗分为三节。诗在第一节点出有一股“奇异的风”把“一棵树”吹动了，使这棵树发生位移，移到了“临近深谷的悬崖上”，处境非常危险！诗的第二节写这棵树依然保持着对生活的热爱，它在“倾听远处森林的喧哗 / 和深谷中小溪的歌唱”，它虽然孤独、寂寞但却十分坚强。第三节写这棵树背负着生活的重压，备受狂风的摧残，身体弯曲了——“留下了风的形状”，可它抱定美好的信念，不但不怕风吹雨打，反而对生活依然乐观，依然有所期盼，只要有风吹来，它就凭借着风力，“要展翅飞翔”。

这是一首托物言志之作。诗中所写的那个特定的年代早已成为历史，那“奇异的风”也无影无踪了，然而与之抗争并“留下了风的形状”的这棵“悬崖边的树”却给读者留下了深刻的印象，令人回味，让人难忘。

乡 愁

余光中

小时候
乡愁是一枚小小的邮票
我在这头
母亲在那头

长大后
乡愁是一张窄窄的船票
我在这头
新娘在那头

后来呵
乡愁是一方矮矮的坟墓
我在外头
母亲呵在里头

而现在
乡愁是一湾浅浅的海峡
我在这头
大陆在那头

作于 1972.1.21

选自《白玉苦瓜》，台湾大地出版社 1974 年版

【作者简介】

余光中（1928— ），原籍福建永春，生于南京。当代诗人。20世纪40年代曾入金陵大学、厦门大学外文系学习。1949年入台湾大学外文系学习，1952年毕业。1954年与覃子豪、钟鼎文等共同创办蓝星诗社。1957年主编《蓝星》周刊。1958年赴美国爱荷华大学进修并获艺术硕士。返台后在台湾东吴大学、台湾师范大学任教。1974年受香港中文大学邀请任教授。现任台湾中山大学文学院院长、教授。著有诗集《舟子的悲歌》《蓝色的羽毛》《钟乳石》《万圣节》《莲的联想》《白玉苦瓜》《天狼星》《与永恒拔河》《天国夜市》《敲打乐》《隔水观音》等。

【作品简析】

《乡愁》强烈表达了诗人余光中情系大陆、思念故园的乡情与亲情意识。诗中涌动的真挚情感、呈现的鲜明意象与流淌出的优美韵律，打动了一代又一代中国人，在海峡两岸被广泛传诵。

全诗分为四节，整齐的段式，相同的结构，叙说着与人生始终相伴的乡愁："我"少小便开始在外流浪，从此也开始了追逐乡愁的日子，一封封书信填不满母亲牵挂的心，长大后，往来的一张张船票载不动对妻子的思念，乡愁就这样隔断了母子，隔断了夫妻，隔断了海峡两岸，一生的期待堆积着一生的乡愁，人生由少到老，而乡愁却始终未减。全诗别出心裁地体现"乡愁"于人的各个生命时期的各种方式，充满了历史的发展意味及颤动心弦的人生感。诗的最后一节是点睛之笔，至此，诗人个人的悲欢与中华民族的渴望统一完全交织在一起了。

全诗在结构上，以时间为顺序，用"小时候""长大后""后来呵""而现在"这样四个表示时间的时序语串起全篇，再从诗人自己的生活经历中提炼出"邮票""船票""坟墓""海峡"四个代表性意象组成全诗的骨架。如此的时空表达，既体现了诗人漫长的生活经历和对祖国的眷眷怀恋，又突出了悠长的乡愁主题。节与节之间既均衡对称，又有长句与短句的交互变化，于诗句外形的整齐之中体现出全诗结构上的参差之美。而"小小的""窄窄的""矮矮的""浅浅的"等叠字在相同位置上的运用，使得全诗如怨如诉，把思乡情绪表现得缠绵悱恻、复杂细腻。

半棵树

牛 汉

真的，我看见过半棵树
在一个荒凉的山丘上

像一个人
为了避开迎面的风暴
侧着身子挺立着

它是被二月的一次雷电
从树尖到树根
齐楂楂劈掉了半边

春天来到的时候
半棵树仍然直直地挺立着
长满了青青的枝叶

半棵树
还是一整棵树那样高
还是一整棵树那样伟岸

人们说
雷电还要来劈它
因为它还是那么直那么高

雷电从远远的天边就盯住了它

1972 年，咸宁

选自《温泉》，上海文艺出版社 1984 年版

【作者简介】

牛汉（1923—2013），原名史成汉，又名牛汀，曾用笔名谷风，山西定襄人。七月派诗人。1943年入西北大学学习。1944年在西安从事编辑工作并开始诗歌创作。1946年因参加学生运动被捕入狱，出狱后继续从事党的地下工作。新中国成立后，到抗美援朝前线，历任《空军卫士》报编辑、文化学校教务主任。后任人民文学出版社诗歌组组长。1955年受胡风错案株连，被迫中断写作。“文革”后平反复出，任《中国作家》《新文学史料》主编等职。著有诗集《彩色的生活》《祖国》《在祖国面前》《爱与歌》《温泉》《海上蝴蝶》《沉默的悬崖》《蚯蚓和羽毛》等。

【作品简析】

《半棵树》是一首托物言志之作。诗中通过对“半棵树”拟人化的描写，寄托着诗人坚强的性格和不屈的意志。是诗人的一幅自画像。

全诗分为七节。诗的前三节写“半棵树”的来历和秉性：它“像一个人/为了避开迎面的风暴/侧着身子挺立着”。这棵树什么时候成了“半棵树”呢？原来，“它是被二月的一次雷电/从树尖到树根/齐楂楂劈掉了半边”，因为它的正直，雷电不容它。第四、五节写半棵树永葆旺盛的生命力：“春天来到的时候”，那被雷电劈剩的半棵树“仍然直直地挺立着/长满了青青的枝叶”“还是一整棵树那样高/还是一整棵树那样伟岸”。第六、七节写人们对半棵树命运的预测和担忧：“雷电还要来劈它/因为它还是那么直那么高”“雷电从远远的天边就盯住了它”。诗人为我们塑造了生命蓬勃、意志坚强、正直不屈的“半棵树”形象。

《半棵树》在艺术上的特点，一是诗人注重写实，以“真的，我看见”统领全篇，透露出厚重的生活真实，自然也容易感染读者。二是诗中多处运用白描手法增强了画面感和真实性，拟人化又倾注了诗人的主观情感。另外，诗人还重视用不同的环境来烘托“半棵树”不变的性格：风暴来了，它“挺立着”，春天到了，它仍然“挺立着”，雷电从远处还在盯着它，可它不怕，“还是那么直那么高”，丝毫不改先前的坚强性格。这样的树，这样的人，就是它的敌人见了，也不能不油然而生敬意。

悼念一棵枫树

牛　汉

我想写几页小诗，把你最后的绿叶保留下几片来。

——摘自日记

湖边山丘上
那棵最高大的枫树
被伐倒了……
在秋天的一个早晨

几个村庄
和这一片山野
都听到了，感觉到了
枫树倒下的声响

家家的门窗和屋瓦
每棵树，每根草
每一朵野花
树上的鸟，花上的蜂
湖边停泊的小船
都颤颤地哆嗦起来……
是由于悲哀吗？

这一天
整个村庄
和这一片山野上
飘忽着浓郁的清香

清香
落在人的心灵上
比秋雨还要阴冷

想不到
一棵枫树
表皮灰暗而粗犷
发着苦涩气息
但它的生命内部
却贮蓄了这么多的芬芳

芬芳
使人悲伤
枫树直挺挺的
躺在草丛和荆棘上
那么庞大，那么青翠
看上去比它站立的时候
还要雄伟和美丽
伐倒三天之后
枝叶还在微风中
簌簌地摇动
叶片上还挂着明亮的露水
仿佛亿万只含泪的眼睛

向大自然告别

哦，湖边的白鹤
哦，远方来的老鹰
还朝着枫树这里飞翔呢

枫树
被解成宽阔的木板
一圈圈年轮
涌出了一圈圈的
凝固的泪珠

泪珠
也发着芬芳

不是泪珠吧
它是枫树的生命
还没有死亡的血球

村边的山丘
缩小了许多
仿佛低下了头颅

伐倒了
一棵枫树
伐倒了
一个与大地相连的生命

1973 年秋

选自《长安》，1981 年第 1 期

【作者简介】

见《半棵树》。

【作品简析】

这是一首写实性的咏物诗，悼念的是一棵高大的枫树，却描画出了诗人心中的一幅“英雄画像”。据诗人自述，他并不是为某个人而创作的，诗人牛汉关注的是时代和民族的命运，因而这首诗是对历尽沧桑的中华民族的每个优秀个体包括自我的痛悼。

全诗共十三节，可分为五个部分。第一至第三节为第一部分，写“那棵最高大的枫树被伐倒了”，它附近的自然物，如“门窗”“屋瓦”“每棵树”“每棵草”“每一朵野花”“树上的鸟”“花上的蜂”“湖边停泊的船”，都惊吓得“哆嗦起来”。第四至第六节为第二部分，写枫树虽然倒下了，但整个原野上“飘忽着浓郁的清香”，而这清香，“落在人的心灵上”却是“阴冷”和“苦涩”的。第七至第八节为第三部分，写倒下的枫树“精神不死”：“伐倒三天之后/枝叶还在微风中/簌簌地摇动”；“白鹤”“老鹰”“还朝着枫树这里飞翔”。第九节至第十一节为第四部分，写枫树的自悼。第十二节至第十三节为第五部分，写自然界，也包括诗人对倒下的枫树充满怀念。联想起诗人牛汉的人生经历，从 1969 年 9 月末到 1974 年 12 月，牛汉被发配到湖北咸宁干校从事体力劳动。只要有空，他总要到一片没有路的丛林中去徜徉。常要背靠一棵高大的枫树久坐。枫树伟岸的姿态令牛汉感念不已。一天清晨，一群伐木者让那棵枫树轰然倒下，这带给诗人无限的悲痛，竟失声痛哭了起来。愤怒出诗人，几天过去后，诗人写下了这首诗。

这首诗描写一棵枫树被伐倒后周围出现的种种奇异的反应，借助白描手法通过客观的物象表达了作者的主观情感，诗中寄托了诗人所体验到的人生的创伤和痛苦，浸润诗篇的是一种充满阳刚之气的悲壮美。读后令人难忘这棵枫树形象。

致太阳

多　多

给我们家庭，给我们格言
你让所有的孩子骑上父亲肩膀
给我们光明，给我们羞愧
你让狗跟在诗人后面流浪

给我们时间，让我们劳动
你在黑夜中长睡，枕着我们的希望
给我们洗礼，让我们信仰
我们在你的祝福下，出生然后死亡

查看和平的梦境、笑脸
你是上帝的大臣
没收人间的贪婪、嫉妒
你是灵魂的君王

热爱名誉，你鼓励我们勇敢
抚摸每个人的头，你尊重平凡
你创造，从东方升起
你不自由，像一枚四海通用的钱！

1973 年

选自《探索诗集》，上海文艺出版社 1986 年版

【作者简介】

多多（1951— ），本名栗世征，祖籍辽宁，朦胧诗派代表诗人之一。生于北京。北京三中初中毕业后，1969年到白洋淀下乡插队，20世纪70年代开始诗歌创作，回城后曾任《农民日报》记者。1982年开始发表诗歌作品，成为中国为数不多的现代诗歌探索者之一。现旅居国外。2010年，获得美国纽斯塔特国际文学奖，成为获得此奖项的第一位华人。著有诗集《行礼：诗83首》《里程》等。

【作品简析】

《致太阳》这首诗写于1973年，它以拟人化的手法写出了“太阳”作为我们人类繁衍生息的参与者和见证者，它的平凡和甘于奉献的精神。这在“太阳”一词只可专用的年代，显示了诗人的胆识和求真精神。

全诗分为四节。第一节：“给我们家庭，给我们格言/你让所有的孩子骑上父亲肩膀/给我们光明，给我们羞愧/你让狗跟在诗人后面流浪”，写“孩子”跟着“父亲”，“狗”跟着“诗人”，而我们人类也忠诚地跟定了光明的“太阳”。第二节：“给我们时间，让我们劳动/你在黑夜中长睡，枕着我们的希望/给我们洗礼，让我们信仰/我们在你的祝福下，出生然后死亡”，写人类在“太阳”的照耀下“劳动”，在“太阳”的周期运转中繁衍生息。第三节：“查看和平的梦境、笑脸/你是上帝的大臣/没收人间的贪婪、嫉妒/你是灵魂的君王”，写“太阳”永远在提升人类的“灵魂”。第四节：“热爱名誉，你鼓励我们勇敢/抚摸每个人的头，你尊重平凡/你创造，从东方升起/你不自由，像一枚四海通用的钱！”这是在写“太阳”与人类的亲密关系及“太阳”的奉献精神。

整首诗意象简洁，节奏明快，语言准确、锐利而富有张力。全诗采用第二人称写法，好像诗人正在与“太阳”对话，这种写法拉近了与“太阳”的距离，读来亲切有趣。

团泊洼的秋天

郭小川

秋风像一把柔韧的梳子，梳理着静静的团泊洼；
秋光如同发亮的汗珠，飘飘扬扬地在平滩上挥洒。

高粱好似一队队的“红领巾”，悄悄地把周围的道路观察；
向日葵摇头微笑着，望不尽太阳起处的红色天涯。

矮小而年高的垂柳，用苍绿的叶子抚摸着快熟的庄稼；
密集的芦苇，细心地护卫着脚下偷偷开放的野花。

蝉声消退了，多嘴的麻雀已不在房顶上吱喳；
蛙声停息了，野性的独流减河也不再喧哗。

大雁即将南去，水上默默浮动着白净的野鸭；
秋凉刚刚在这里落脚，暑热还藏在好客的人家。

秋天的团泊洼啊，好像在香甜的梦中睡傻；
团泊洼的秋天啊，犹如少女一般羞羞答答。

团泊洼，团泊洼，你真是这样静静的吗？
全世界都在喧腾，哪里没有雷霆怒吼，风云变化！

是的，团泊洼的呼喊之声，也和别处一样洪大；
听听人们的胸口吧，其中也和闹市一样嘈杂。

这里没有第三次世界大战，但人人都在枪炮齐发；

谁的心灵深处——没有奔腾咆哮的千军万马！

这里没有刀光剑影的火阵，但日夜都在攻打断杀；
谁的大小动脉里——没有炽热的鲜血流响哗哗！

这里的《共产党宣言》，并没有掩盖在尘埃之下；
毛主席的伟大号召，在这里照样有最真挚的回答。

无产阶级专政的理论，在战士的心头放射光华；
反对修正主义的浪潮，正惊退了贼头贼脑的鱼虾。

解放军兵营门口的跑道上，随时都有马蹄踏踏；
五·七干校的校舍里，荧光屏上不时出现《创业》和《海霞》。

在明朗的阳光下，随时都有对修正主义的口诛笔伐；
在一排排红房之间，常常能听到同志式温存的夜话。

……至于战士的深情，你小小的团泊洼怎能包容得下！
不能用声音，只能用没有声音的“声音”加以表达：

战士自有战士的性格：不怕污蔑，不怕恫吓；
一切无情的打击，只会使人腰杆挺直，青春焕发。

战士自有战士的抱负：永远改造，从零出发；
一切可耻的衰退，只能使人视若仇敌，踏成泥沙。

战士自有战士的胆识：不信流言，不受欺诈；
一切无稽的罪名，只会使人神志清醒，头脑发达。

战士自有战士的爱情：忠贞不渝，新美如画；
一切额外的贪欲，只能使人感到厌烦，感到肉麻。

战士的歌声，可以休止一时，却永远不会沙哑；
战士的双眼，可以关闭一时，却永远不会昏瞎。

请听听吧，这就是战士一句句从心中掏出的话。
团泊洼，团泊洼，你真是那样静静的吗？

是的，团泊洼是静静的，但时刻都会轰轰爆炸！
不，团泊洼是喧腾的，在这首诗篇里就充满着嘈杂。

不管怎样，且把这矛盾重重的诗篇埋在坝下，
它也许不符合你秋天的季节，但到明春准会生根发芽。……

1975年9月于团泊洼干校

初稿的初稿，还需要做多次多次的修改，
属于《参考消息》一类，万勿外传[①]

选自《郭小川诗选》，人民文学出版社1977年版

① ——作者原注

【作者简介】

郭小川（1910—1976），原名郭恩大，河北丰宁县人。当代诗人。1933年随全家逃难到北平。1941—1945年，在延安马列学院等单位学习，进修马列主义和文艺理论。1948—1954年，先后任冀察热辽《群众日报》副总编辑兼《大众日报》负责人、《天津日报》编辑部主任。1955—1961年，任中国作协党组副书记、作协书记处书记兼秘书长、《诗刊》编委。1962年调入《人民日报》任特约记者。1970年，随中国作家协会到五·七干校劳动。1976年在一场火灾中不幸逝世。主要诗作有《投入火热的斗争》《致青年公民》《将军三部曲》《甘蔗林——青纱帐》《昆仑行》等。

【作品简析】

作为遗作发表的《团泊洼的秋天》，是郭小川留给中国诗歌界的的绝唱。诗人用细腻的笔触描写了团泊洼秋天宁静、幽远的景色，全篇巧妙地打着“反修”的旗帜，勇敢机智地向着以“四人帮”为代表的极左势力大声发出呐喊，表现了有良知的中国知识分子的正义感。

全诗共分二十三节，可分为三个部分。第一部分用六节的篇幅描写了团泊洼美妙的秋景：高粱红了，向日葵熟了；野花开放，柳丝摇曳，蝉声息而蛙鼓停，雁南飞而农家静，秋天的团泊洼，好像睡在香甜的梦中。自然界如此宁静，可当时的社会生活是另外一种状况。诗人接下来以“团泊洼，团泊洼，你真是这样静静的吗”使诗意急转直下。第二部分用八节的篇幅对当时社会的阶级斗争情况进行了的生动形象的刻画：“枪炮齐发”“千军万马”“刀光剑影”“攻打厮杀”“马蹄踏踏”，举国上下忙着“对修正主义的口诛笔伐”。在“革命大批判”如火如荼的年代，诗人是深受其苦的，在这里，我们只能理解成这是一种“漫画”式的曲笔而已。这从诗中第三部分“不怕污蔑，不怕恫吓”“不信流言，不受欺诈”就能得到另一种理解和印证。诗的第三部分用九节的篇幅强烈地表达了诗人心中的不平之鸣！这是全诗最为精彩的部分，也是时代的最强音。诗人所倾诉的战士情怀，连续四节末行的四个“一切”如金属般掷地有声，如宝石般闪闪发光！读完这首诗，一个真正战士的形象鲜活地站立在读者面前，他高昂着不屈的头颅，充满了对胜利的期待。

这首诗行行押韵，自然流畅，气势如奔腾的江河，哲理阐发自然质朴，是诗人自创的现代格律新辞赋体的典范之作。

哄小儿

流沙河

爸爸变了棚中牛，
今日又变家中马。
笑跪床上四蹄爬，
乖乖儿，快来骑马马！

爸爸驮你打游击，
你说好耍不好耍？
小小屋中有自由，
门一关，就是家天下。

莫要跑到门外去，
去到门外有人骂。
只怪爸爸连累你，
乖乖儿，快用鞭子打！

写在七十年代中期

选自《流沙河诗集》，上海文艺出版社 1982 年版

【作者简介】

流沙河（1931—　），原名余勋坦，四川金堂人。1944年入金堂私立崇正中学，1947年入省立成都中学高中部，1948年高中读书期间开始发表作品。中学毕业后考入四川大学农业化学系。1950年任《川西日报》副刊编辑。1952年在川西文联任编辑。1957年任《星星》诗刊编委。同年因发表组诗《草木篇》被错划为“右派”。1978年平反后，先调金堂县文化馆，1979年调四川省文联，参与《星星》复刊工作。1985年起专职写作。曾任四川省作协副主席。著有诗集《农村夜曲》《告别火星》《故园别》《流沙河诗集》等。

【作品简析】

《哄小儿》是诗人流沙河《故园九咏》（组诗）中的一首，作者自己称是“断断续续写在七十年代中期”，显然该诗是作于诗人受迫害的十年浩劫时期。全诗通过哄小儿的亲切口吻，表现了诗人在逆境中的辛酸生活和浓浓的亲子之情。

全诗分为三节，诗的第一节写诗人请求孩子来做游戏。开头即道出了诗人做“牛”做“马”的处境：“爸爸变了棚中牛/今天又变家中马。”“棚中牛”是极左路线使然，而“家中马”是诗人自愿，“笑跪床上”即显示出我们的诗人在困难时期通过与孩子分享天伦之乐而收获到一份难得的高兴心情。第二节写诗人在游戏中对“家”的依恋：“小小屋中有自由/门一关，就是家天下。”这是诗人面对残酷无情的现实而对家庭生活表现出的极大满足，诗人在自我宽慰时，语气相当肯定。第三节写游戏之后诗人对孩子的两点叮嘱：一是“莫要跑到门外去/去到门外有人骂”；二是“只怪爸爸连累你/乖乖儿，快用鞭子打”。为什么“门外有人骂”？为什么要“用鞭子打”自己的爸爸？这两点叮嘱作为孩子是不明白的，诗人借这两种极为反常的现象，表达了诗人生活的辛酸，同时也有力地控诉了那个极左的年代。

这首短诗在艺术上有三个特色：一是诗人通过“哄小儿”的游戏以乐景写哀情，倍增其哀，以在家主动让孩子“骑马马”形象地折射出诗人在当时环境里受到的不公正对待。二是通过写反常现象，“孩子打大人”和“不能去到门外”反映出时代的反常，让读者感到心酸、沉重。三是全诗的语言采用大白话，文字简约，立意深刻。

祈　求

蔡其矫

我祈求炎夏有风，冬日少雨；
我祈求花开有红有紫；
我祈求爱情不受讥笑，
跌倒有人扶持；
我祈求同情心——
当人伤悲
至少给予安慰
而不是冷眼竖眉；
我祈求知识有如泉源，
每一天都涌流不息，
而不是这也禁止，那也禁止；
我祈求歌声发自各人胸中
没有谁要制造模式
为所有的音调规定高低；
我祈求
总有一天，再没有人
像我作这样的祈求！

1975 年

选自《生活的歌》，人民文学出版社 1982 年版

【作者简介】

蔡其矫（1918—2007），福建省泉州人。当代诗人。1926年随全家迁居印度尼西亚。1929年回国在福建泉州教会学校上初中，1934年在上海暨南大学附中读书时开始创作诗歌。1938年赴延安入鲁迅艺术学院文学系学习。1939年到晋察冀边区，在华北联合大学文艺学院任教。1945年任随军记者。1948年后从事政治研究工作。1953年到中央文学讲习所任教。1959年回福建从事专业创作，任福建作家协会副主席。1989年离休，任福建作家协会名誉主席。著有诗集《回声集》《回声续集》《涛声集》《迎风集》《双虹集》《福建集》《迎水集》《生活的歌》《祈求》《醉石》等十四种。

【作品简析】

诗题为《祈求》，意味着愿望强烈，或对追求的目标有所奢望。在总共十七行诗句中，“祈求”一再被强调，表达了诗人对人道主义精神的呼唤。

《祈求》诗中一再表达诗人的“祈求”，然而诗中“祈求”的内容都是正常的自然现象：“炎夏有风，冬日少雨”“花开有红有紫／爱情不受讥笑／跌倒有人扶持”；“知识有如泉源／每一天都涌流不息”“歌声发自各人胸中”也都是正常的社会生活现象。但是，诗人写这首诗时正值文革十年动乱后期，正常的生活完全颠倒，这些正常的东西反倒成了人们生活中的强烈渴望。既然诗人的“祈求”全是生活中的常态，“祈求”本来不必也不应祈求的东西，诗中的祈求越强烈，便越衬托出那时社会环境的反常和荒谬。因此，在最后，诗人发出了震撼人心的呼吁：“我祈求／总有一天，再没有人／像我作这样的祈求”，诗人的情感波澜是矛盾的、无奈的，又是真诚的。

《祈求》在艺术上通篇采用排比，篇中八次出现“我祈求”，多角度、多层次、多侧面地表达了诗人想祈求的内容，扩充了全诗的内涵，突出了诗歌的主题。另外，排比手法特别适合于诗人宣泄无法遏制的激情，诗人“祈求”越多，也越能激发读者对反常的历史的憎恶和诅咒，增强了作品的艺术效果。

扬眉剑出鞘

佚　名

欲悲闻鬼叫，
我哭豺狼笑。
洒泪祭雄杰，
扬眉剑出鞘。

选自《天安门诗抄》，人民文学出版社1978年版

【作者简介】

略。

【作品简析】

在1976年的“四五”运动中，广大的人民群众借助诗的形式把郁积于胸中的愤怒以及反抗的情绪喷发出来。“四五”运动究竟产生了多少首诗，当时没有人能做出准确统计，而《扬眉剑出鞘》是“四五”运动中影响很大、流传至今的作品。

在粉碎“四人帮”后的一两年间，各种关于“天安门诗歌”的手抄、油印和铅印本在全国流传开来。1978年底，有关部门经过认真搜集与编选，由人民文学出版社正式出版了《天安门诗抄》。《扬眉剑出鞘》这首短诗就是在1976年春天爆发的“四五”运动中产生的，后来被编者收入《天安门诗抄》。天安门诗歌的政治意义是显示了人民群众的政治意志、人心向背，它敲响了“四人帮”垮台的丧钟。

全诗仅四行。首两行“欲悲闻鬼叫 / 我哭豺狼笑”揭示了人与“鬼”及“豺狼”在情感上的尖锐对立，后两行“洒泪祭雄杰 / 扬眉剑出鞘”表达了人民群众在大是大非面前勇敢的抗争精神。

这首诗在艺术上颇似五言绝句，语言高度凝练，动词的准确运用形象地描画出“四五”时期的历史画面，也极好地表达了人民群众迅及行动的态势。

回　答

北　岛

卑鄙是卑鄙者的通行证，
高尚是高尚者的墓志铭。
看吧，在那镀金的天空中，
飘满了死者弯曲的倒影。

冰川期过去了，
为什么到处都是冰凌？
好望角发现了
为什么死海里千帆相竞？

我来到这个世界上，
只带着纸、绳索和身影，
为了在审判之前，
宣读那些被判决的声音：

告诉你吧，世界，
我——不——相——信！
如果你脚下有一千名挑战者，
那就把我算作第一千零一名。

我不相信天是蓝的；
我不相信雷的回声；
我不相信梦是假的；
我不相信死无报应。

如果海洋注定要决堤，
就让所有的苦水都注入我心中；
如果陆地注定要上升，
就让人类重新选择生存的峰顶。

新的转机和闪闪的星斗，
正在缀满没有遮拦的天空，
那是五千年的象形文字，
那是未来人们凝视的眼睛。

作于 1976 年 4 月

选自《今天》，
1978 年 12 月第 1 期

【作者简介】

北岛（1949— ），原名赵振开，曾用笔名北岛、石默。祖籍浙江，生于北京。毕业于北京四中。1969 年当过建筑工人。1970 年开始写诗，1978 年同诗人芒克创办民间诗歌刊物《今天》，是朦胧诗最重要的诗人之一。1989 年移居国外，先后在欧洲和美国的多所大学做过访问学者、驻校诗人、客座教授，2007 年受邀成为香港中文大学荣誉教授。主要作品有诗集《陌生的海滩》《北岛诗选》《太阳城札记》《在天涯》《午夜歌手》《零度以上的风景线》《开锁》等。

【作品简析】

《回答》这首诗是朦胧诗的顶尖之作，它塑造了一个与历史的颠倒者进行抗争的艺术形象，反映了一代人的自我觉醒和重新审视历史的自觉意识，同时也表达了诗人追求真理、敢于挑战的崇高精神。

全诗分为七节。第一节诗文是对那个动乱年代社会生活的准确概括，前两句有力地指斥了那个社会环境的颠倒、荒谬的性质。第二节是诗人对那个动乱的社会发出了质问，质问产生怀疑，怀疑导致反叛，在第三、四、五节中，诗人直抒己见："我——不——相——信！"四个字一字一顿，字字响亮，掷地有声。诗人还进一步表明自己的志向："如果你脚下有一千名挑战者 / 那就把我算做第一千零一名"，口气何等坚决！气势多么强烈！这是一个挑战者发出的战斗的呼号，"第一千零一名"是诗人深信这个世界上有和他并肩战斗的勇士。诗人的反叛与挑战源自他的那份清醒。黑白混淆的年代，是诗人"不相信"的现实基础。第六节则表现了诗人悲天悯人、舍生取义的宽广胸怀。全诗的最后一节，表达了我们的民族正面临着希望和再生："新的转机""闪闪的星斗"预示着黎明就要到来；"五千年的象形文字"，则象征中华民族有顽强的生命力，给读者以振奋与希望。

这首诗在艺术上的特点，一是诗中多处出现了悖论性思维。如开头两句的对比、第二节诗里两句设问、第五节诗里连续四个排比句，都体现了悖论性思考方式。这种悖论性思维深刻地体现了时代的乖谬性和非逻辑性。二是诗人为宣泄内心强烈的情感，既运用了大段大段的直抒胸臆，又有意味深长的象征和暗示。三是排比句便于表达诗人排山倒海般的激情和义无反顾地追求真理的勇气。

冬

穆 旦

1

我爱在淡淡的太阳短命的日子，
临窗把喜爱的工作静静做完；
才到下午四点，便又冷又昏黄，
我将用一杯酒灌溉我的心田。
多么快，人生已到严酷的冬天。

我爱在枯草的山坡，死寂的原野，
独自凭吊已埋葬的火热一年，
看着冰冻的小河还在冰下面流，
不知低语着什么，只是听不见。
呵，生命也跳动在严酷的冬天。

我爱在冬晚围着温暖的炉火，
和两三昔日的好友会心闲谈，
听着北风吹得门窗沙沙地响，
而我们回忆着快乐无忧的往年。
人生的乐趣也在严酷的冬天。

我爱在雪花飘飞的不眠之夜，
把已死去或尚存的亲人珍念，
当茫茫白雪铺下遗忘的世界，
我愿意感情的热流溢于心田，
来温暖人生的这严酷的冬天。

2

寒冷，寒冷，尽量束缚了手脚，
潺潺的小河用冰封住口舌，
盛夏的蝉鸣和蛙声都沉寂，
大地一笔勾销它笑闹的蓬勃。

谨慎，谨慎，使生命受到挫折，
花呢？绿色呢？血液闭塞住欲望，
经过多日的阴霾和犹疑不决，
才从枯树枝漏下淡淡的阳光。

奇怪！春天是这样深深隐藏，
哪儿都无消息，都怕峥露头角，
年轻的灵魂裹进老年的硬壳，
仿佛我们穿着厚厚的棉袄。

3

你大概已停止了分赠爱情，
把书信写了一半就住手，
望望窗外，天气是如此肃杀，
因为冬天是感情的刽子手。

你把夏季的礼品拿出来，

无论是蜂蜜，是果品，是酒，
然后坐在炉前慢慢品尝，
因为冬天已经使心灵枯瘦。

你拿一本小说躺在床上，
在另一个幻象世界周游，
它使你感叹，或使你向往，
因为冬天封住了你的门口。

你疲劳了一天才得休息，
听着树木和草石都在嘶吼，
你虽然睡下，却不能成梦，
因为冬天是好梦的刽子手。

4

在马房隔壁的小土屋里，
风吹着窗纸沙沙响动，
几只泥脚带着雪走进来，
让马吃料，车子歇在风中。

高高低低围着火坐下，
有的添木柴，有的在烘干，
有的用他粗而短的指头
把烟丝倒在纸里卷成烟。

一壶水滚沸，白色的水雾
弥漫在烟气缭绕的小屋，
吃着，哼着小曲，还谈着
枯燥的原野上枯燥的事物。

北风在电线上朝他们呼唤，
原野的道路还一望无际，
几条暖和的身子走出屋，
又迎面扑进寒冷的空气。

1976 年 12 月

选自《穆旦诗选》，
人民文学出版社 1986 年版

【作者简介】

穆旦（1918—1977），原名查良铮，曾用笔名梁真、慕旦、更夫，浙江海宁人。九叶诗派重要诗人、翻译家。20世纪40年代初开始诗歌创作。1940年毕业于西南联大外文系，后留校执教。1948年赴美国留学，入芝加哥大学英国文学系学习。1953年回国，任南开大学外文系副教授。1958年错划为“右派”，在逆境中从事《唐璜》翻译工作。著有诗集《探险队》《旗》和《穆旦诗集1939—1945》《穆旦诗选》等。在外国文学翻译方面也有较大成就，译作有《拜伦抒情诗选》《雪莱抒情诗选》《济慈诗选》《云雀》《唐璜》等。

【作品简析】

《冬》写于1976年12月，是诗人最后写成的作品。原载《诗刊》1980年第2期（总标题为“穆旦遗作选”），后选入《穆旦诗选》。这首诗描述了普通劳动人民对生活坚忍的承受，表达了诗人对春天的渴望。

全诗共十五节，被分为四部分。第一部分诗句描述人们在冬季的生活情景，是整首诗中格律感最强的一部分，它以四个“我爱在”开头，又以四个“严酷的冬天”的复沓收尾，有回环不尽的韵味。第二部分诗句写的是诗人对自然季节更替的咏叹，暗含着诗人对春天的向往，更蕴涵着诗人对于新时代精神及现状的深邃思考。特别是这一组诗的后四行诗句：“奇怪！春天是这样深深隐藏/哪儿都无消息，都怕峥露头角/年轻的灵魂裹进老年的硬壳/仿佛我们穿着厚厚的棉袄”，寓意十分明显。第三部分诗句转换了人称，诗人采用了四个第二人称“你”作为每节的开头，诗中的“你”既可以看成诗人的另一个“我”，也可以看成诗人将抒情主体泛化了的任意人物。第四部分诗句的抒情对象又发生变化，诗人隐匿了自我抒情主体，而构造了一个“小土屋”的中心意象。普通劳动者在“小土屋”里烤火、抽烟、喝水、聊天，极富画面感，散发着浓浓的生活气息。

这首《冬》是诗人的晚年作品，全诗情感蕴藉、哲思内敛，达观中蕴含热情，淡泊中隐含生趣，通脱中带着渴望。诗歌运用当代精练的口语，而禁用任何浮词、时髦词，也不让文言词进入。诗歌意象色彩丰富，格律谨严，大多数诗行字数一样，脚韵从头到底（每节二、四、五行之末押韵），在沉稳、哀静、澄澈、平实的风格中体现出穆旦诗歌的独特魅力。

周总理，你在哪里？

柯　岩

周总理，我们的好总理，
你在哪里呵，你在哪里？
你可知道，我们想念你，
——你的人民想念你！

我们对着高山喊：
周总理——
山谷回音：
“他刚离去，他刚离去，
革命征途千万里，
他大步前进不停息！”

我们对着大地喊：
周总理——
大地轰鸣：
“他刚离去，他刚离去，
你不见那沉甸甸的谷穗上
还闪着他辛勤的汗滴……”

我们对着森林喊：
周总理——
松涛阵阵：
“他刚离去，他刚离去，
宿营地上篝火红呵，
伐木工人正在回忆他亲切的笑语。”

我们对着大海喊：
周总理——
海浪声声：
“他刚离去，他刚离去，
你不见海防战士身上
他亲手给披上的大衣……”

我们找遍整个世界，
呵，总理，
你在革命需要的每一个地方，
辽阔大地，
到处是你深深的足迹。

我们回到祖国的心脏，
我们在天安门前深情地呼唤：
周——总——理——
广场回答：
“呵，轻些呵，轻些，
他正在中南海接见外宾，
他正在政治局出席会议……”

总理呵，我们的好总理！
你就在这里呵，就在这里。
——在这里，在这里，
在这里……

你永远和我们在一起，
——在一起，在一起
在一起……

你永远居住在太阳升起的地方，
你永远居住在人民心里，
你的人民世世代代想念你！
想念你呵，想念你，
想念你……

选自《人民日报》，
1977年1月8日

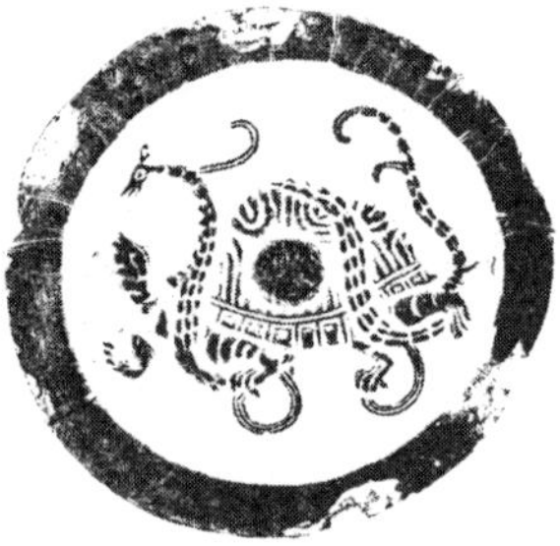

【作者简介】

柯岩（1929—2011）原名冯恺，满族，出生于郑州。当代女诗人。曾任《诗刊》副主编、中国作家协会书记处书记、中国诗歌学会副会长等职。1965年以前，主要从事儿童文学创作。1976年以来，创作了大量诗歌、小说、报告文学，多次获各类文学奖。著有诗集《小兵的故事》《最美的画册》《大红花》《“小迷糊”阿姨》《我对雷锋叔叔说》《讲给少先队员听》《周总理，你在哪里》《柯岩儿童诗选》等。

【作品简析】

1977年1月，在周恩来总理逝世一周年之际，全国各地开展了各种悼念活动，各种报刊也发表了大量怀念总理的纪实文章和文艺作品，涌现出不少佳作。诗人柯岩的《周总理，你在哪里？》就是其中影响最广泛的作品之一。这首感人肺腑的抒情诗以四处寻找总理为抒情主线，以艺术的形式表达了全国各族人民对总理无限的哀思与深情的怀念。

全诗共十节。第一节巧妙运用对白与设问句式，设定了全诗抒情脉络：“我们”都在寻找周总理，可见，“周总理，你在哪里”是全诗的抒情基调。第二节至第五节则推出“我们”的深情呼喊，依次对着“高山”“大地”“森林”“大海”寻找总理。其中，“山谷”的回音总领了周总理光辉的一生。而“大地”“森林”“大海”的回答则分别代表了农民、工人和人民解放军战士。第六节写“我们找遍整个世界”，发现“到处是你（指周总理）深深的足迹”，就是找不到敬爱的周总理！这一节实际上是为诗歌转起做铺垫。第七节出现了诗歌抒情的高潮，“我们”四处寻找不到周总理，最后回到祖国的心脏天安门广场。这时，广场的回答：“呵，轻些呵，轻些/他正在中南海接见外宾/他正在政治局出席会议……”这既是虚写，同时也体现着情感表达的无比真实。它是生者对逝者极度怀念而出现的幻觉，也符合诗人和读者的心理真实，因而是全诗最为精彩的章节。第八、九、十节共同表达出找到总理的喜悦和深情的怀念。

全诗完全以口语入诗，语言自然、流畅、生动。多处尤其是后三节运用复沓句式，形成一唱三叹的效果，使全诗充满了回肠荡气的感觉，让人读后深受感染，心情久久难以平静。

致橡树

舒　婷

我如果爱你——
绝不像攀援的凌霄花，
借你的高枝炫耀自己；
我如果爱你——
绝不学痴情的鸟儿，
为绿荫重复单调的歌曲；
也不止像泉源，
常年送来清凉的慰藉；
也不止像险峰，
增加你的高度，衬托你的威仪。
甚至日光，
甚至春雨。
不，这些都还不够！
我必须是你近旁的一株木棉，
作为树的形象和你站在一起。
根，紧握在地下；
叶，相触在云里。
每一阵风过，
我们都互相致意，
但没有人，
听懂我们的言语。
你有你的铜枝铁干，
像刀，像剑，
也像戟；
我有我红硕的花朵，
像沉重的叹息，
又像英勇的火炬。
我们分担寒潮、风雷、霹雳，
我们共享雾霭、流岚、虹霓；
仿佛永远分离，
却又终身相依。
这才是伟大的爱情，
坚贞就在这里：
爱——
不仅爱你伟岸的身躯，
也爱你坚持的位置，
足下的土地。

1977 年 3 月 27 日

选自《今天》第 1 期，
1978 年 12 月

【作者简介】

舒婷（1952— ），原名龚佩瑜、龚舒婷，女，福建泉州人。当代诗人。1969年厦门第一中学初中毕业，后到福建上杭县插队落户，1971年开始诗歌创作。1972年回厦门当工人，做过泥水工、挡车工、统计员、焊锡工等。1977年开始发表作品，1979年发表处女作《祖国啊，我亲爱的祖国》，引起注目。1980年调福建省文联创作室从事专业创作。是最重要的朦胧诗诗人之一。著有诗集《双桅船》《会唱歌的鸢尾花》《始祖鸟》等。

【作品简析】

舒婷的《致橡树》以其鲜明的女性意识、崇高的人格精神和对爱情的热情呼唤，成为表达当代女性情爱观念的开山之作。

诗中以橡树象征男性，以木棉象征女性，用木棉树的内心独白托物寄情。全诗分三层。第一层是诗人的爱情表白："我如果爱你／绝不像攀援的凌霄花／借你的高枝炫耀自己／我如果爱你／绝不学痴情的鸟儿／为绿荫重复单调的歌曲／也不止像泉源／常年送来清凉的慰藉／也不止像险峰／增加你的高度，衬托你的威仪。"表达有着独立人格的女性既不愿当附属品，也不愿成为对方的陪衬和点缀。第二层描画了一对鲜明而生动的爱情形象："我必须是你近旁的一株木棉／作为树的形象和你站在一起／根，紧握在地下／叶，相触在云里／每一阵风过／我们都互相致意"，表明了恋人之间的并肩携手，心心相印。"你有你的铜枝铁干／像刀，像剑／也像戟"，对橡树，诗人尽情赞美这属于男性的阳刚之气；"我有我红硕的花朵／像沉重的叹息／又像英勇的火炬"，对木棉，诗人则酣畅地抒发只属于女性的阴柔之美。这里提出了现代女性所应有的爱情观。那就是男女真正意义上的平等，心心相印，互敬互爱，志同道合。第三层对诗人心仪的爱情发出了强烈的呼唤："我们分担寒潮、风雷、霹雳／我们共享雾霭、流岚、虹霓／仿佛永远分离／却又终身相依"，呼唤恋人之间要同甘苦，共患难。"这才是伟大的爱情／坚贞就在这里／爱——／不仅爱你伟岸的身躯／也爱你坚持的位置，足下的土地"，诗人从常见的景物出发，所表达的关于爱的宣言高亢而壮丽。

这首诗情感真挚、格调典雅。全诗采用内心独白的抒情方式，便于真情的宣泄；而象征手法的运用，使形象既丰满生动，又富于理性气质。

月之故乡

彭邦桢

天上一个月亮
水里一个月亮

天上的月亮在水里
水里的月亮在天上

低头看水里
抬头看天上
看月亮，思故乡
一个在水里
一个在天上

1977 年圣诞夜作于纽约

选自《台湾诗选》，人民文学出版社 1980 年版

【作者简介】

彭邦桢（1919—2003），湖北黄陂人。当代诗人。少年时期曾求学于湖北楚材中学。1938年就读成都中央军校即黄埔第十六期。抗日战争期间从军赴南亚作战。1949年随国民党军队去台湾。1951年开始发表诗作。1969年上校退役，倡议成立诗宗社。1975年移居美国。著有诗集《载着船的歌》《恋歌小唱》《花叫》等。1993年长江文艺出版社出版了《彭邦桢文集》。

【作品简析】

《月之故乡》这首诗经著名作曲家刘庄谱曲后，被广为传唱。

台湾诗人彭邦桢在诗中通过对月落水中、相映生辉的自然景观的描写，表达了诗人深情委婉的情绪，寄托了诗人对祖国故乡强烈的思念之情。

全诗分为三节。前两节："天上一个月亮 / 水里一个月亮""天上的月亮在水里 / 水里的月亮在天上。"诗人以天上明月与水中倒影相互辉映的景象暗喻海峡两岸人民本是同根同源，但现在只能隔岸相望、隔海而居的状况。第三节："低头看水里 / 抬头看天上 / 看月亮，思故乡 / 一个在水里 / 一个在天上。"唐代诗人李白《静夜思》中的诗句"举头望明月 / 低头思故乡"，在此被巧妙地化用，见月怀乡的古老主题在此被当代诗人赋予了新的历史内涵："一个在水里 / 一个在天上"既是写明月的景象，同时也是诗人自己和台湾同胞与海外侨胞远离故乡的真实写照。

诗人善于推陈出新，该诗以我国传统中秋佳节"月圆人团圆"的题材和寓意为出发点，通过丰富的想象并加以发挥和引申，恰到好处地表达了诗人爱国爱乡的缕缕深情，并体现出诗人精巧凝练的文学构思、纯熟的创作技巧和精湛的艺术素养。

一代人

顾　城

黑夜给了我黑色的眼睛，
我却用它寻找光明。

1979 年 4 月

选自《星星》，1980 年第 3 期

【作者简介】

顾城（1956—1993），原籍上海，出生于北京。是最重要的朦胧诗诗人之一。1969年随其父顾工下放到山东一个农场劳动。1974年回北京后，做过木工、油工、搬运工、借调编辑等。1977年开始发表诗作。后移居新西兰。1993年9月10日在新西兰希基岛自杀。顾城早期诗歌有孩子般的纯雅风格、梦幻情绪，用直觉和印象式的语句来咏唱童话般的少年生活，被称为童话诗人。代表作品有《一代人》《我是一个任性的孩子》等。著有诗集《黑眼睛》《雷米》《城》《水银》等。

【作品简析】

《一代人》这首诗是新时期朦胧诗的代表作之一，流传甚广。它抒发了一代人的心声，也寄托了一代人的理想与志向——历经“黑夜”后对“光明”顽强的渴望与执着的追求。

“黑夜”赋予一代人以“黑色”，连最澄明的眼睛也只能接受，但“黑色”的眼睛并没有倾心于黑夜，却在努力地“寻找光明”。这里的“黑夜”象征着那场空前的浩劫，“黑色的眼睛”又有着双重的寓意：一是指这双黑眼睛曾被“黑夜”欺骗和熏染，二是指这双黑眼睛在被欺骗后产生怀疑，说明黑眼睛在黑暗中没有被同化，而是在黑暗中拥有适应力更有穿透力，它具有全新的品质，最终成为“黑夜”的叛逆，成为“寻找光明”的出发点和象征。

全诗只有短短的两行诗句，却浓缩了一个重大的社会题材，高度概括了“一代人”共有的人生经历与心路历程。在写诗的技巧上，诗人对“一代人”心路的概括没有陷入枯燥的说教与哲理的抽象，而是捕捉到“黑色的眼睛”这一生动的意象，从而点化了一个意蕴深远的诗境。“黑夜”与“光明”的鲜明对比，使全诗产生一种简洁明快的黑白木刻的艺术效果。读后令人印象深刻，久久回味。

祖国啊，我要燃烧

叶文福

当我还是一株青松的幼苗，
大地就赋予我高尚的情操！
我立志作栋梁，献身于人类，
一枝一叶，全不畏雪剑冰刀！

不幸，我是植根在深深的峡谷，
长啊，长啊，却怎么也高不过峰头的小草。
我拼命吸吮母亲干瘪的乳房，
一心要把理想举上万重碧霄！

我实在太不自量力了：幼稚！可笑！
蒙昧使我看不见自己卑贱的细胞。
于是我受到了应有的惩罚——
迎面扑来旷世的风暴！

啊，天翻地覆……
啊，山呼海啸……
伟大的造山运动，
把我埋进深深的地层，
——我死了，那时我正青春年少。
我死了！年轻的躯干在地底痉挛，
我死了！不死的精灵却还在拼搏呼号：
“我要出去！我要出去！
我要出去啊——我的理想不是蹲这黑暗的囚牢！”

漫长的岁月，
我吞忍了多少难忍的煎熬，
但理想之光，依然在心中灼灼闪耀。
我变成了一块煤，还悲愤地捶打地狱的门环：
“祖国啊，祖国啊，我要燃烧！”

地壳是多么的厚啊，希望是何等的缥缈！
我渴望：渴望面前闪出一千条向阳坑道！
我要出去，投身于熔炉，化作熊熊烈火：
“祖国啊，祖国啊，我要燃烧——”

1979.4.16 于北京

——痛极之思

选自《诗刊》，1980 年第 8 期

【作者简介】

叶文福（1944— ），出生于湖北省蒲圻县（现赤壁市），师范学校毕业后曾任小学教师，1964 年入伍，1966 年开始诗歌创作。早期诗作常以明快的笔调反映工程兵战士沸腾的生活和美好的灵魂，走的是 20 世纪五六十年代部队诗人的基本路子。1970 年代末，叶文福的诗歌形成了自己鲜明的个性和风格特征。出版诗集《山恋》《天鹅之死》《雄性的太阳》《牛号》等。

【作品简析】

《祖国啊，我要燃烧》是一首叙事诗，也是一首抒情诗。全诗以第一人称切入，写一株“植根在深深的峡谷”中的“青松”，被突如其来的“造山运动”“埋进深深的地层”，经过“漫长的岁月”，最终“变成了一块煤”，由衷赞美“青松”不惧挫折，渴望“投身于熔炉，化作熊熊烈火”的无私奉献精神。

这首抒情诗共六节，可分为三层。第一、二节为第一层，写“青松”理想崇高，立身微小。第三、四节为第二层，“青松”遭遇理想与现实的惨烈冲突。第五、六节第三层，写“青松（煤）”不惧挫折，其“理想之光，依然在心中灼灼闪耀”，渴望燃烧。全诗借物抒情、托物言志，从诗歌的审美看，这首诗给当时的诗坛带来了一种阳刚之气，一种不屈的雄风。

这首诗在艺术上的特色，是诗人运用第一人称手法，贴切地表达了“青松（或煤）”的奉献情怀。三十行诗句在表达上虽有些直白，但拟人化手法有利于抒发诗人强烈的报国情怀。全诗行文一任感情流泻，一气呵成，特别适合于朗诵。

边界望乡

洛　夫

说着说着
我们就到了落马洲

雾正升起，我们在茫然中勒马四顾
手掌开始生汗
望远镜中扩大数十倍的乡愁
乱如风中的散发
当距离调整到令人心跳的程度
一座远山迎面飞来
把我撞成了
严重的内伤

病了病了
病得像山坡上那丛凋残的杜鹃
只剩下唯一的一朵
蹲在那块“禁止越界”的告示牌后
面
咯血。而这时
一只白鹭从水田中惊起
飞越深圳
又猛然折了回来

而这时，鹧鸪以火发音
那冒烟的啼声
一句句
穿透异地三月的春寒
我被烧得双目尽赤，血脉贲张
你却竖起外衣的领子，回头问我
冷，还是
不冷？

惊蛰之后是春分
清明时节该不远了
我居然也听懂了广东的乡音
当雨水把莽莽大地
译成青色的语言
喏！你说，福田村再过去就是水围
故国的泥土，伸手可及
但我抓回来的仍是一掌冷雾

1979.6.3

后记：1979 年 3 月中旬应邀访港，16 日上午余光中兄亲自开车陪我观落马洲之边界，当时轻雾氤氲，望远镜中的故国山河隐约可见，而耳边正响起数十年未闻的鹧鸪啼叫，声声扣人心弦，所谓“近乡情怯”，大概就是我当时的心境吧。

选自《时间之伤》，
中国台北时报文化出版事业公司
1981 年版

【作者简介】

洛夫（1928— ），原名莫运端、莫洛夫，湖南衡阳人。当代诗人。1946年开始新诗创作。1948年入湖南大学外文系，1949年去台湾，后毕业于淡江大学英文系。1954年10月，与痖弦等创办《创世纪》诗刊，并任总编辑。曾在国民党军界任职。1973年退役。此后在台湾东吴大学等处任职。1996年迁居加拿大温哥华。2001年以诗歌创作实绩获得诺贝尔文学奖提名。出版诗集有《时间之伤》《灵河》《石室之死亡》《魔歌》《众荷喧哗》《因为风的缘故》《月光房子》《漂木》等三十余部。

【作品简析】

1979年，改革开放的新气象唤醒了诗人洛夫潜藏心底的乡情，这一年的3月16日，应邀访问香港的诗人洛夫专程到深圳对岸瞭望祖国大陆，写下了《边界望乡》，真切表达了海外游子的思乡情怀。

全诗共五节。第一节交代了诗人“望乡”的地点。落马洲位于香港元朗区的东北面，贴近港深边境，邻近深圳河。那时的香港尚未回归中国，形成了香港与中国内地之间的边界。第二节写诗人通过望远镜初见祖国大陆的感受。五行诗句采用“飞”“撞”等富于力度的动词，外加奇妙的想象和灵动的比拟，细腻传神地表现了诗人边界望乡时不只是手掌生汗，心跳加速，更有内心一触即发的忧伤。第三节写诗人通过望远镜审视祖国大陆的风物。诗人以杜鹃花的形销神伤自喻。白鹭自由飞越边界又猛然折回，表达诗人对英帝国主义当年强行割地造成的“边界”隔断了乡情而生出的怨愤。第四节写诗人仿佛听到母亲正拖着悠长的音调，声声唤他儿时的乳名，于是诗人激动得“双目尽赤，血脉贲张”，不能自已。第五节，从时令着笔，写诗人趁兴在边界望乡，但收获的竟是忧伤和惆怅。

在这首表达游子思乡情怀的诗里，诗人广泛采用移情于物、托物抒情和拟人化的手法。诗中，“远山”飞来，严重地撞伤了“我”，“杜鹃”花掉落地上，恰如思乡的病人蹲下来“咯血”，惊起的“白鹭”自由翻飞又“折回”等，这些意象都融进了诗人的身影和感情，深情表达了抒情主人公不能拥入祖国怀抱而心中满是伤痛和沉郁。弥漫全篇的是诗人那深厚的爱国主义情感。

小草在歌唱（节选）

——悼女共产党员张志新烈士

雷抒雁

一

风说：忘记她吧！
我已用尘土，
把罪恶埋葬！
雨说：忘记她吧！
我已用泪水，
把耻辱洗光！

是的，多少年了，
谁还记得
这里曾是刑场？
行人的脚步，来来往往，
谁还想起，
他们的脚踩在
一个女儿、
一个母亲、
一个为光明献身的战士的心上？

只有小草不会忘记。
因为那殷红的血，
已经渗进土壤；
因为那殷红的血，
已经在花朵里放出清香！

只有小草在歌唱。
在没有星光的夜里，
唱得那样凄凉；
在烈日暴晒的正午，
唱得那样悲壮！
像要砸碎礁石的潮水，
像要冲决堤岸的大江……

二

正是需要光明的暗夜，
阴风却吹灭了星光；
正是需要呐喊的荒野，
真理的嘴却被封上！
黎明。一声枪响，
在祖国遥远的东方，
溅起一片血红的霞光！
呵，年老的妈妈，
四十多年的心血，

就这样被残暴地泼在地上；
呵，幼小的孩子，
这样小小年纪，
心灵上就刻下了
终生难以愈合的创伤！

我恨我自己，
竟睡得那样死，
像喝过魔鬼的迷魂汤，
让辚辚囚车，
碾过我僵死的心脏！
我是军人，
却不能挺身而出，
像黄继光，
用胸脯筑起一道铜墙！

而让这颗罪恶的子弹，
射穿祖国的希望，
打进人民的胸膛！
我惭愧我自己，
我是共产党员，
却不如小草，
让她的血流进脉管，
日里夜里，不停歌唱……

四

就这样——
黎明。一声枪响，
她倒下去了，
倒在生她养她的祖国大地上。
她的琴呢？
那把她奏出过欢乐，
奏出过爱情的琴呢？
莫非就此成了绝响？
她的笔呢？
那支写过檄文，
写过诗歌的笔呢？
战士，不能没有刀枪！

我敢说：她不想死！
她有母亲：风烛残年，
受不了这多悲伤！
她有孩子：花蕾刚绽，
怎能落上寒霜！
她是战士，
敌人如此猖狂，
怎能把眼合上！

我敢说：她没有想到会死。
不是有宪法么，
民主，有明文规定的保障；
不是有党章么，
共产党员应多想一想。
就像小溪流出山涧，
就像种子钻出地面，
发现真理，坚持真理，
本来就该这样！

可是，她却被枪杀了，
倒在生她养她的母亲身旁……

法律呵，
怎么变得这样苍白，
苍白得像废纸一方；
正义呵，
怎么变得这样软弱，
软弱得无处伸张！
只有小草变得坚强，
托着她的身躯，
托着她的枪伤，
把白的，红的花朵，
插在她的胸前，
日里夜里，风中雨中，
为她歌唱……

作于 1979 年 6 月 8—9 日

选自《诗刊》1979 年第 8 期

【作者简介】

雷抒雁（1942—2013），陕西泾阳人，当代诗人。1967年毕业于西北大学中文系。“文革”中，到宁夏某部队农场“接受再教育”。1970年入伍任陆军某师政治部宣传干事。1972年调《解放军文艺》任诗歌编辑。1982年转业到《工人日报》社工作，历任文艺部副主任、主任。1993年调任《诗刊》副主编。1995年调鲁迅文学院任常务副院长至2004年退休。2012年当选中国诗歌学会会长，任中国作家协会第五、六、七届全委会委员，并担任中国作协诗歌专业委员会主任。有多种诗作翻译出版于国外，出版诗集有《踏尘而过》《父母之河》《小草在歌唱》《云雀》《春神》《掌上的心》《激情编年》《雷抒雁精短抒情诗选》等十余部。

【作品简析】

长诗《小草在歌唱》是诗人雷抒雁的成名作，也是他的代表作。诗的副标题“悼女共产党员张志新烈士”，是对在“文革”中因坚持个人独立思考、质疑“文革”而惨遭杀害的张志新烈士的纪念与哀悼。诗人借小草在歌唱，颂扬了一个真正的共产党员、革命烈士张志新为了真理舍身成仁、不畏牺牲的崇高品格。

全诗分为五部分，这里节选了长诗的第一、二、四部分。第一部分通过“风”和“雨”的对话组成的排比，引出当年历史的见证者“小草”来歌唱烈士。第二部分诗人把对英雄烈士的深情赞颂和对自己灵魂的严肃拷问水乳交融地融合在一起，拷问自己既缺失军人的血性，也没有小草的灵性。第四部分诗人代烈士申辩，向那一段人妖颠倒的历史，向“四人帮”及其帮凶发出了强烈的质问与控诉！这里，读者的灵魂与诗人的灵魂被诗情彻底激荡起来了，而贯穿全诗的烈士刑场上的“小草”意象，在诗中成为一个有多种含义的象征物，它既是历史见证的象征，也是历史中千千万万被侮辱与被损害者的象征，同时还是人心与良知的象征。烈士的光辉形象在“小草”这个意象中得到了凝聚。

《小草在歌唱》饱含着强烈的人道主义诉求。由于发出了“时代的强音”，而成为20世纪70年代末80年代初现实主义诗歌的代表性作品。诗中象征手法的运用，丰富了诗歌的思想与情感内涵；大量使用排比句式，有的为了铺陈，有的为了诗意的递进，有的为了诗意的反衬，有的为了情感的强化，排比形成大河奔涌的气势，特别适合朗诵。

重　量

韩　瀚

她把带血的头颅，
放在生命的天平上，
让所有的苟活者，
都失去了
——重量。

1979年8月作

选自《清明》，1979年第2期

【作者简介】

韩瀚（1935— ），原名韩叔言，笔名朱壁。山东苍山人。当代诗人。1946年开始发表作品。1949年十四岁时参加工作。历任华东粮食局上海储运处干部、芜湖储运处干部、蚌埠第四中学青年团书记、青年团蚌埠市委干部。1956年入中国人民大学新闻系学习。毕业后任《人民中国》杂志编辑、记者。安徽省第四、五、六、七届政协委员。1979年加入中国作家协会。安徽省文联专业作家，编审。著有诗集《寸草集》《阳春的白雪》《写在祖国的江河和土地上》等。

【作品简析】

这首短诗，只有五行二十八个字，诗人在此歌颂了与“四人帮”及其帮凶作坚决斗争而英勇牺牲的张志新烈士。

诗歌的开头两句出语不凡：“她把带血的头颅 / 放在生命的天平上。”诗人未做任何情感上的铺垫，使用了“她把……”的句式。“把”字的引入，将张志新烈士被迫害至死的事件转化成为是烈士主动献出头颅，突出表现了张志新烈士坚持正义、不畏牺牲，甘愿以头颅来换取真理的崇高精神。烈士赴汤蹈火般的壮举，“让所有的苟活者 / 都失去了 / 重量”。这里，让“带血的头颅”之重与“苟活者”之轻形成强烈的反差，既歌颂了死者的伟大，也鞭挞了贪生怕死者的软弱。

此诗语言精练。全诗对烈士牺牲的前因后果未做任何赘述，只抓住“天平”与“重量”，“带血的头颅”与“苟活者”两两相互比较，言简意赅，斩钉截铁。诗中的第四行和第五行实际上是一行，分开是为了加强力量。另外，第三行中的“让”和第四行中的“都”都是单音顿，朗诵时应稍微拉长一点。

秋

杜运燮

连鸽哨也发出成熟的音调，
过去了，那阵雨喧闹的夏季。
不再想那严峻的闷热的考验，
危险游泳中的细节回忆。

经历过春天萌芽的破土，
幼叶成长中的扭曲和受伤，
这些枝条在烈日下也狂热过，
差点在雨夜中迷失方向。

现在，平易的天空没有浮云，
山川明净，视野格外宽远；
智慧、感情都成熟的季节呵，
河水也像是来自更深处的源泉。

紊乱的气流经过发酵，
在山谷里酿成透明的好酒；
吹来的是第几阵秋意？醉人的香味
已把秋花秋叶深深染透。

街树也用红颜色暗示点什么，
自行车的车轮闪射着朝气；
吊车的长臂在高空指向远方，
秋阳在上面扫描丰收的信息。

1979 年秋

选自《诗刊》，1980 年第 1 期

【作者简介】

杜运燮（1915—2002），笔名吴进、吴达翰等，福建古田人，生于马来西亚，1934年回福州，就读于当地高中。1939年入西南联大外文系学习，参与创办学生冬青文艺社，同时发表诗作。九叶派诗人。1945年大学毕业后，曾在重庆《大公报》、香港《大公报》《新晚报》任编辑，又到新加坡南洋女子中学和华侨中学任教。1951年后，任职于新华社。1974年在山西师范学院外语系任教，1979年回北京，任《环球》杂志主编。著有诗集《诗四十首》《南音集》《晚稻集》《你是我爱的第一个》等。

【作品简析】

《秋》这首诗写于1979年秋天，这一年是党的十一届三中全会召开后的第一年，正如诗人所言："整个国家，我自己和朋友们的处境，的确都有了很大的可喜变化。"诗人还说，"秋天是庄稼果实成熟的季节。我们的民族经过一场大灾难，痛定思痛，也开始变得成熟了。"形势的变化决定了诗人创作的情感基调，诗人这里所写的"秋"，实质上已是改革开放新时期的象征，反映着诗人对民族成熟季节到来的一种殷切期望。

全诗分为五节。第一节里，诗人把逝去的岁月具体化为一个"阵雨喧闹的夏季"，"夏季"象征那个狂热的年代。"严峻的闷热的考验"与"危险游泳"则含蓄地点出了狂热年代的一些特征。诗的第二节，没有一句直接写人，可实际上句句都在写人，诗人用简洁的诗句"幼叶成长中的扭曲和受伤""枝条在烈日下也狂热过"，概括了一代人的生活经历，具有普遍的典型意义。诗的第三节，以"天空没有浮云""视野格外宽远""河水也像是来自更深处的源泉"直接写秋天里山川明净。第四节将"夏"与"秋"联系起来对比着写，暗示"秋"的成熟来之不易："紊乱的气流经过发酵/在山谷里酿成透明的好酒。"第五节将笔触转写城市的变化。

这首诗在艺术上采用了象征的手法，使写进诗中的所有自然意象又都沾染了诗人的主观情感色彩，包含着深刻的象征意味。而"夏""秋"对比着描写，暗示出诗人对国家和民族命运的哲理性思考。

中国，我的钥匙丢了

梁小斌

中国，我的钥匙丢了。

那是十多年前，
我沿着红色大街疯狂地奔跑，
我跑到了郊外的荒野上欢叫，
后来，
我的钥匙丢了。

心灵，苦难的心灵，
不愿再流浪了，
我想回家，
打开抽屉、翻一翻我儿童时代的画
　片，
还看一看那夹在书页里的
翠绿的三叶草。

而且，
我还想打开书橱，
取出一本《海涅歌谣》，
我要去约会，
我向她举起这本书，
作为我向蓝天发出的
爱情的信号。

这一切，
这美好的一切都无法办到，
中国，我的钥匙丢了。

天，又开始下雨，
我的钥匙啊，
你躺在哪里？
我想风雨腐蚀了你，
你已经锈迹斑斑了。
不，我不那样认为，
我要顽强地寻找，
希望能把你重新找到。

太阳啊，
你看见了我的钥匙了吗？
愿你的光芒，
为它热烈地照耀。

我在这广大的田野上行走，
我沿着心灵的足迹寻找，
那一切丢失了的，
我都在认真思考。

写于 1979 年 12 月

选自《诗刊》，1980 年第 10 期

【作者简介】

梁小斌（1954— ），山东荣成人。当代诗人。1972年毕业于合肥市第三十二中学。同年开始发表作品。1976年参加工作，历任合肥第五制药厂车间工人、厂办秘书，安徽人民广播电台文艺部编辑，《婚育》杂志编辑部主任，珠海市石虎诗会会长，安徽文联专业作家。1991年加入中国作家协会。著有诗集《少女军鼓队》，另外发表长诗《园丁叙事诗》，组诗《断裂》。诗歌《中国，我的钥匙丢了》是他的代表作。

【作品简析】

《中国，我的钥匙丢了》这首诗写于“文革”刚刚结束，我们可以把这首诗看作是“文革”年代的一个小镜头，看作是一代人共有的时代悲剧；也可以理解为一个人在成长中面临的人生问题。诗人反观自己的童年，可将“钥匙”理解为对人生价值的追求，从而获得人生的某种启迪。

全诗共八节，分为两个部分。第一至第五节为第一部分，写“我的钥匙丢了”。原因是受某种精神的指引，“我沿着红色大街疯狂地奔跑/我跑到了郊外的荒野上欢叫”，经历过十年动乱的人，很容易悟出“红色大街”的象征性内涵。“红色大街”与遗失的钥匙形成因果关系，整首诗的精神内核就不难理解了。第六至第八节为第二部分，写诗人相信钥匙可以重新找回来。虽然在寻到“钥匙”之前，风雨把“钥匙”腐蚀得“锈迹斑斑了”，但诗人深信，太阳在“为它热烈地照耀”。因此，诗人没有放弃，仍在“田野上行走”，仍在“寻找”，仍在“思考”。在这首有着象征意味的诗里，诗人将疯狂—失落—怅惘—焦虑—寻找的情感流程灌注到“钥匙”这个意象上，展示了生命内部的冲突。这样，我们感悟到的就不仅是一代人寻找灵魂归宿和忏悔过往行动的简单思想，而是一种“具象的抽象”的心灵图画。

这首诗有着儿童诗一样的单纯。梁小斌说过：“单纯是诗的灵魂，不管多么了不起的发现，我都希望通过孩子的语言来说出。”诗人追求一种儿童诗般简洁、素朴的品质，整首诗颇像是一个“大孩子”在喃喃低语地说着自个儿的“心里话”，但单纯里蕴藏着厚重，它表达了那个动乱年代里一代人的迷失与希望。

江南烟雨

丁　芒

这被雨水浸融了的江南，
哪儿是桃花，哪儿是杨柳？
绿叶儿都已淡成了烟雾，
笼罩着远处依稀的红楼。

只有燕子像遗落的墨点，
在蒙茸细雨中来往穿梭。
翅上驮着湿漉漉的春天，
为她寻觅个落脚的处所。

呵，燕子，你别再啁啾，
春已随稻谷播下了田畴，
你不见秧苗的连天翠色，
已经把乳白的云幔染透！

选自《十月》文学双月刊，1980 年第 6 期

【作者简介】

丁芒（1925— ），江苏南通人，当代诗人、散文家、书法家。早年就读于华中建设大学。1942年开始发表作品。1946年参加新四军。历任独立十旅、华野十二纵队、解放军第三十军及海军政治部前线记者、编辑，《人民海军报》《海军战士》编辑组长，总政治部《解放军战士》《星火燎原》编辑。1975年转业到地方工作。曾任中国散文诗学会副主席，中华诗词学会顾问，全球汉诗总会名誉顾问。1980年加入中国作家协会。著有诗集《欢乐的阳光》《寒村》《怀念》《枫露抄》《苦丁斋诗词》《军中吟草》等。

【作品简析】

《江南烟雨》是诗人丁芒描写江南春色的一首不可多得的好诗。既表现了诗人对江南风景的喜爱，也表现了诗人恬淡安谧的人生志趣与理想。

全诗分为三节。第一节总写烟雨中的江南概貌："这被雨水浸融了的江南/哪儿是桃花，哪儿是杨柳？"诗人大写意式地描绘江南大地已被春雨浸融，长时间的春雨飘洒，就连"绿叶儿都已淡成了烟雾/笼罩着远处依稀的红楼"。全诗开篇以桃红柳绿及红楼的色彩点染出诗意的江南画面。红绿相映成趣，给人以色彩美的享受。第二节写烟雨中燕子飞翔的近景：在红绿相间的背景中，墨黑的燕子飞翔的形象分外醒目，"只有燕子像遗落的墨点/在蒙茸细雨中来往穿梭"，这两行诗句描画出一个动态的江南春天美景。第三节写江南大地的远景："呵，燕子，你别再啁啾/春已随稻谷播下了田畴/你不见秧苗的连天翠色/已经把乳白的云幔染透！"在此，诗人再一次以色彩感染读者，"连天的翠色"与"乳白的云幔"相互浸染，一个绿色的活生生的春天就展现在读者面前。

《江南烟雨》这首诗艺术上的突出特色是它的色彩美生动形象地表现了生活美，给了读者画面美的享受。全诗成功地运用了艺术对比的手法。诗中有大与小、红与绿、浓与淡、静与动、实与虚的对比。多样的艺术对比，丰富了诗歌的表现力与感染力。

在希望的田野上

陈晓光

我们的家乡
在希望的田野上
炊烟在新建的住房上飘荡
小河在美丽的村庄旁流淌
一片冬麦，(那个）一片高粱
十里（哟）荷塘，十里果香
哎咳哟嗬呀儿咿儿哟
咳！我们世世代代在这田野上生活
为她富裕为她兴旺

我们的理想在希望的田野上
禾苗在农民的汗水里抽穗
牛羊在牧人的笛声中成长
西村纺花（那个）东港撒网
北疆（哟）播种南国打场
哎咳哟嗬呀儿咿儿哟
咳！我们世世代代在这田野上劳动
为她打扮为她梳妆

我们的未来在希望的田野上
人们在明媚的阳光下生活
生活在人们的劳动中变样
老人们举杯（那个）孩子们欢笑
小伙儿（哟）弹琴姑娘歌唱
哎——咳哟——嗬呀儿咿儿哟
咳！我们世世代代在这田野上奋斗
为她幸福为她增光
为她幸福为她增——光——

作于 1980 年

选自中央电视台
“春节联欢晚会”曲目，1982 年

【作者简介】

陈晓光（1948— ），河北景县人，当代词作家。1964年8月参加工作。1968年毕业于空军第六航空学校。1968年任北京111中学教师。1978年任《歌曲》编辑。1985年6月后，历任《词刊》编辑部副主任、副主编、主编，中国音乐文学学会副会长，中国艺术报社副总编，中国音协党组书记。1996年12月，任中国文联党组成员、书记处书记，2000年1月，任中国文联副主席、党组成员。2001年任文化部副部长、党组成员。第八至十一届全国政协委员。第十一届全国政协教科文卫体委员会副主任。2013年11月，中央文史研究馆馆员。出版诗词集有《黄河上的太阳——晓光词作歌曲选集》《晓光歌诗选集》等。

【作品简析】

《在希望的田野上》是陈晓光的歌词名作。词作者以大视野、大手笔，描绘了“我们的”家乡美丽富饶的田园风光，表达了劳动者对理想和未来的不懈追求。整首歌词充满了乐观精神与爱国热情。既歌颂了新时代、新生活、新变化、新面貌，又无限憧憬着富裕、兴旺而幸福的未来。全词通过对“我们的”家乡田野的赞美，抒发了普通百姓拥抱美满生活的自豪感和对未来幸福生活的向往感，以及乐于为之奋斗的决心。

歌词分为三段。三段均以“在希望的田野上”为背景，分别推出了“家乡”“理想”和“未来”三个主题，极富画面感。随着三个主题的展开，各种现实中的自然景观、劳动与生活以及理想中的未来情景通过歌声一一映入人们的眼帘，进入人们的脑海，激发人们对美好生活的向往和对祖国家乡的由衷热爱。由于歌词具有浓郁的时代和乡土气息，作曲家施光南只用了半天时间就谱成了曲调优美、流畅上口的曲子，成为改革开放初期的经典歌曲。《在希望的田野上》不仅入选20世纪华人音乐经典，还被联合国教科文组织选为亚太地区音乐教材曲目。2007年9月，《在希望的田野上》作为嫦娥一号月球探测卫星搭载歌曲被送上了太空播放。

年轻的朋友来相会

张枚同

年轻的朋友们今天来相会，
荡起小船儿暖风轻轻吹，
花儿香，鸟儿鸣，春光惹人醉，
欢歌笑语绕着彩云飞。
啊，亲爱的朋友们，
美妙的春光属于谁？
属于我，属于你，
属于我们八十年代的新一辈！

再过二十年我们重相会，
伟大的祖国该有多么美！
天也新，地也新，春光更明媚，
城市乡村处处增光辉。
啊，亲爱的朋友们，
创造这奇迹要靠谁？
要靠我，要靠你，
要靠我们八十年代的新一辈！

但愿到那时我们再相会，
举杯赞英雄，光荣属于谁，
为祖国，为“四化”，流过多少汗？
回首往事心中可有愧？
啊，亲爱的朋友们，
愿我们自豪地举起杯，
挺胸膛，笑扬眉，
光荣属于八十年代的新一辈！

选自《词刊》，1980年第3期

【作者简介】

张枚同（1940— ），山西原平人，当代词作家。1959 年开始发表作品。1965 年毕业于山西大学艺术系。历任山西大学艺术系教师，大同矿务局工会干事、宣教部副部长、部长、副主席，大同矿务局文化工作委员会秘书长，专业作家，文学创作一级。1990 年加入中国作家协会。山西省第七届政协委员、省作家协会理事，中国煤矿作家协会副主席，山西省音乐家协会副主席。著有歌词集《年轻的朋友来相会》等。

【作品简析】

《年轻的朋友来相会》是张枚同创作的一首歌词作品。整首歌词给人以轻松、愉快、清新之感。它充分展现了八十年代青年人奋发图强的精神面貌，深刻刻画出中国的未来是属于八十年代新一辈的时代主题。歌词刚刚问世即吸引了作曲家谷建芬的注意，并把它谱成了歌曲，同时把词作的第一句“年轻的朋友来相会”改为歌曲的题目，以替代原名《光荣的八十年代新一辈》。最终，《年轻的朋友来相会》以其欢快的曲调、流畅的旋律，迅速流传开来，传遍祖国大江南北。

全词分为三段，以第一人称的写法，分别描绘了三个时段的不同场景。词作家以“年轻的朋友来相会”“重相会”“再相会”，满怀激情地表现了上世纪八十年代是暖风轻拂、鸟语花香、春光明媚，“欢歌笑语绕着彩云飞”的美好年代。启发年轻的朋友们要为二十年后“天也新，地也新，春光更明媚，城市乡村处处增光辉”的美好未来不懈进取，创造奇迹。最后表达了年轻人“再相会”时“自豪地举起杯，挺胸膛，笑扬眉，光荣属于八十年代新一辈”，唱响了时代主题。

《年轻的朋友来相会》的艺术特色十分鲜明。表现在这首词主题新颖、内容健康、形象鲜明、语言优美、结构严谨、音乐性强，唱出了一代奋进者的情怀，唱响了新时代的节拍，给人们带来希望，带来勇气。在 1980 年 12 月由文化部、中国音乐家协会和《歌曲》月刊杂志社举办的优秀作品评选活动中获奖。1983 年，它被联合国教科文组织选入亚太地区音乐教材。

生　命

邵燕祥

只有不化的积雪
没有不散的浮云

那千秋的积雪
在雪线之上冻结

人说石林更长久
出现在海水干涸的时候

时间过去了二亿七千万年
从来一丝也没有动弹

多少皱纹是风雨所侵凌
不露一丝哀乐的表情

从来不吃人间的烟火
沧桑冷暖，一句话也不说

与其化为石林而不朽
不如化为一朵浪花随大海翻腾

放声随着海浪喧哗
投身阳光向长天蒸发

化为云，化为雨
化为不灭的种子渗进大地

1980年3月23日

选自诗集《在远方》，花城出版社1981年版

【作者简介】

邵燕祥（1933— ），原籍浙江绍兴，生于北京。北平中法大学肄业。1946年开始在报纸副刊上发表作品，1949年后任中央人民广播电台编辑、记者。1951年出版第一本诗集《歌唱北京城》。1957年被错划为“右派”。1958年后停笔二十年。1978年调任《诗刊》编辑部主任、副主编。1979年当选为中国作家协会理事，自1985年起当选为中国作协主席团委员。1982年加入PEN（国际笔会北京中心）。著有诗集《歌唱北京城》《到远方去》《为青春作证》《献给历史的情歌》《在远方》《迟开的花》《八月的营火》《芦管》《如花怒放》《邵燕祥抒情长诗集》等。另有与黄苗子、杨宪益旧体诗合集《三家诗》。

【作品简析】

《生命》这首诗写出了生命的两种状态，鲜明地表达了诗人的人生追求。

全诗分为九节。第一、二节：“只有不化的积雪 / 没有不散的浮云”“那千秋的积雪 / 在雪线之上冻结”，是写雪山上的“积雪”看似“冻结”，实则每时每刻都在变化。第三、四、五、六节：“人说石林更长久 / 出现在海水干涸的时候”“时间过去了二亿七千万年 / 从来一丝也没有动弹”“多少皱纹是风雨所侵凌 / 不露一丝哀乐的表情”“从来不吃人间的烟火 / 沧桑冷暖，一句话也不说”，转而写“石林”的静止状态。第七、八、九节：“与其化为石林而不朽 / 不如化为一朵浪花随大海翻腾”“放声随着海浪喧哗 / 投身阳光向长天蒸发”“化为云，化为雨 / 化为不灭的种子渗进大地”，亮明了诗人的价值观。

这首诗在艺术上的突出特点，是诗人将高山上的“积雪”与“石林”展开对比，像剥笋一样，让诗意层层递进，最后把结论和盘托出，从而让读者自己去领悟生命的价值。

我感到了阳光

王小妮

我从长长的走廊
走下去……

——啊，迎面是刺眼的窗子
　　两边是反光的墙壁
　　阳光，我
我和阳光站在一起！

——啊，阳光原是这样强烈
　　暖得人凝住了脚步，
　　亮得人憋住了呼吸。
全宇宙的阳光都在这里集聚。

——我不知道还有什么存在
　　只有我，靠着阳光
　　站了十秒钟
十秒，有时会长于一个世纪的四分之一。

终于，我冲下楼梯，推开门，
奔走在春天的阳光里……

选自《诗刊》，1980 年第 8 期

【作者简介】

王小妮（1955— ），吉林长春人。当代诗人、作家。1974 年中学毕业后到农村插队。1977 年考入吉林大学中文系学习，1982 年毕业后历任长春电影制片厂、深圳《现代装饰》杂志社、深圳影业公司工作人员等。1988 年加入中国作家协会。曾任海南省作家协会副主席。现为海南大学人文传播学院教授。著有诗集《我的诗选》《我的纸里包着我的火》《半个我正在疼痛》《有什么在我心里一过》等。其作品曾获 1982 年吉林省创作奖、1989 年《作家》创作奖、中国 2002 年度诗歌奖。2001 年夏，受德国幽堡基金会邀请赴德讲学。2003 年获得《星星》诗刊、《诗选刊》和《诗歌月刊》联合颁发的“中国 2002 年度诗歌奖”。曾获美国安高诗歌奖。

【作品简析】

《我感到了阳光》是组诗《印象二首》中的第一首，表现的是诗人对阳光的主观印象。

全诗共五节，首尾两节描写诗人走过长廊、冲出门外的动作过程，运用的是写实的手法。中间三节是抒写诗人的主观印象。传递出诗人内心世界的直觉、幻觉和错觉。“我和阳光站在一起”是将阳光拟人化的直觉联想。“全宇宙的阳光都在这里集聚”与其说是夸张，不如说是诗人的瞬间幻觉。而“十秒，有时会长于一个世纪的四分之一”，这里，诗人的心理时间与现实时间形成巨大的反差，可算是诗人在情感作用下的一个内心错觉。阳光如此贴近、如此强烈，由此暗示出诗歌的主题。在社会、人生面临重大的转折之时，这种“阳光”普照的感觉，是每一个读者都可以体会的。

心理感受的真切描写与写实手法、象征手法的有机融合是这首诗最显著的艺术特点。诗人凭借生活中的“瞬间印象”借一斑而窥全豹，以一目尽传精神，达到了言约意丰的艺术效果。

新　月

沙　鸥

新月弯弯，
像一条小船。

我乘船归去，
越过万水千山。

花香。夜暖。
故乡正是春天。

你睡着了么？
我在你梦中靠岸。

选自《鸭绿江》，1980 年 9 月号

【作者简介】

沙鸥（1922—1994），原名王世达，重庆人。当代诗人。1940年开始用笔名“沙鸥”发表作品。1946年从重庆中华大学化学系毕业后到上海参与主编《新诗歌》与《春草诗丛》。1949年加入中国作家协会。1954年毕业于中央马列学院哲学班。历任上海中宁公司经理，中共中央统战部招待科科长，北京《新民报》副总编辑，中国作协文学讲习所教员，《诗刊》编委，黑龙江省安达市文联专业创作员，黑龙江省文联专业作家，《北方文学》副总编辑，重庆文史馆馆员。著有诗集《农村的歌》《故乡》《初雪》《梅》《情诗》《失恋者》《寻人记》等三十多部，评论集《学习新民歌》《沙鸥谈诗》等。

【作品简析】

《新月》这首诗写了“我”的一个因思乡而回乡的梦境，表达了一对新人的相互思念之情。

全诗分为四节。诗的第一节“新月弯弯/像一条小船”，在“我”的眼中，“弯弯”的“新月”就是“一条小船”，这个意象尽管是虚拟的，但读者能够接受，“我”也索性当真了。接下来诗的第二节写“我”思乡心切，做起了回乡的美梦：“我乘船归去/越过万水千山”，借着月光上路，又以“新月”这条小船做交通工具，连夜赶路，足见故乡在“我”心目中的位置。第三节写“我”回到了故乡：“花香/夜暖/故乡正是春天”，这真是一个美好而奇妙的梦！“我”连夜到达，而且故乡的一切都透着温馨。第四节写梦中那多情的人儿，也正在梦中思念着“我”：“你睡着了么/我在你梦中靠岸”，不写自己在梦里，却反过来透过一层写对方在梦中，这“靠岸”一词足可说明对方在梦中正梦见了抒情主人公。

仅仅八行诗句描述了一个回乡的故事，这故事里还藏着两个梦境，全诗写得极有意境，诗歌的抒情性、诗歌的概括性以及诗人的诗艺与语言功底由此可见一斑。

干　妈（组诗选三）

叶延滨

她没有自己的名字

她没有死——
她就站在我的身后，
笑着，张开豁了牙的嘴巴。

我不敢转过脸去，
那只是冰冷的墙上的一张照片——
她会合上干瘪的嘴，
我会流下苦涩的泪。
十年前，我冲着这豁牙的嘴，
喊过：干妈……

我驮着一个“狗崽子”的档案袋，
到圣地延安，
为父母赎罪——
为他们有神的力量，
没有在监狱、炮火中倒下。
为他们有人的弱点，
在和平的年代也生下我这个娃娃！
为他们在语言当子弹的战场，
只会说实话的嘴巴，
被无数弯着的舌头打垮……

带色的风清扫这狼藉的战场，

我是卷进黄土高原的一粒沙。

连知青也像躲避瘟疫一样讨厌我，
丧家狗——实际，也不算难听的话。

“孩子，住到我们家吧。”
“不！我不需要听怜悯的话。”
“孩子，我们老两口也要个帮手，
我为你做饭，你替咱担水……”
也许，这只是一个借口，
但我的自尊的天平需要这块砝码！

从此，我有了一个家，
我叫她：干妈。
因为，像这里任何一个老大娘，
她没有自己的名字，
“王树清的婆姨”——人们这样喊她……

灯，一颗燃烧的心

穷山村最富裕的东西是长长的夜，
穷乡亲最美好的享受是早早地睡。
但对我，太长的夜有太多的噩梦，
我在墨水瓶做的油灯下读书，
贪婪地吮吸豆粒一样大的光明！

今天，炕头上放一盏新罩子灯，
明晃晃，照花了我的心。
干妈，你何苦为我花这一块二，
要三天的劳动，
值三十个工分！

深夜，躺在炕上，我大睁着眼睛，
想我那关在“牛棚”里的母亲……

“疯婆子，风雪天跑三十里买盏灯，
有本事腿痛你别哼哼！”
“悄些，别把人家娃吵醒，
年轻人爱光，怕黑洞洞的坟！”
干妈，话音很低，哼得也很轻……
啊，在风雪山路上，
一个裹着小脚的老大娘捧一盏灯……
天哪，年轻人，为照亮人走的路，
你为什么没有胆量像丹柯，
——掏出你燃烧的心？！

铁丝上，搭着两条毛巾

带着刺鼻的烟锅味，
带着呛人的汗腥味，
带着从饲养室沾上的羊膻味，
还有从老汉脖子上擦下来的
黄土，汗碱，粪末，草灰……

没几天，我雪白的洗脸巾变成褐色，
大叔，他也使唤我的毛巾。

我不声不响地从小箱子里，
又拿出一条毛巾搭在铁丝上，
两条毛巾像两个人——
一个苍老，
一个年轻。

但傍晚，在这条铁丝上，
只剩下一条搓得净净的毛巾。

干妈，当着我的面，
把新毛巾又塞到我的小箱里；
“娃娃别嫌弃你大叔，
他这个一辈子粪土里滚的受苦人，
心，还净……”
啊，我不敢看干妈的眼睛，
怕在这镜子里照出一个并不干净的灵魂！

选自《诗刊》，1980年第10期

【作者简介】

叶延滨（1948— ），黑龙江哈尔滨人，当代诗人。在成都读小学，在凉山西昌读中学，在延安插队。1978年考入北京广播学院学习，在校期间发表《干妈》获中国作家协会优秀诗歌奖（1979—1980），并加入中国作家协会。1982年分配到四川作家协会《星星》诗刊任编辑、副主编、主编。1994年调北京广播学院文艺系任系主任、教授。1995年调中国作家协会任《诗刊》副主编、常务副主编、主编，中国作家协会全国委员会委员。出版诗集有《不悔》《二重奏》《乳泉》《心的沉吟》《囚徒与白鸽》《叶延滨诗选》《在天堂与地狱之间》《蜜月箴言》《都市罗曼史》《血液的歌声》《禁果的诱惑》《现代九歌》《与你同行》《玫瑰火焰》《二十一世纪印象》等。

【作品简析】

《她没有自己的名字》《灯，一颗燃烧的心》《铁丝上，搭着两条毛巾》是叶延滨上大学时创作的组诗《干妈》中的前三首。诗人通过回望自己当年在延安插队的知青生活，书写了人间的一种大爱，表现了底层百姓普遍存在的人性美。

诗人当年“是卷进黄土高原的一粒沙”，带着父母的“原罪”来延安插队落户。《她没有自己的名字》这首诗描述了“干妈”与生俱来的母爱，读来让人联想到艾青的《大堰河——我的保姆》。与诗人朝夕相处的“干妈”是个文盲，也没有自己的名字。尽管自家困难，却高兴地接纳了诗人。《灯，一颗燃烧的心》和《铁丝上，搭着两条毛巾》两首诗，则通过“干妈”走三十里山路买一盏罩子灯和清洗被大叔弄脏的毛巾等细节描写，表达了“干妈”以超越亲子的琐碎之爱，救赎了一颗年轻又敏感的心。

《干妈》是诗人叶延滨的成名作，也是代表作。诗人通过对“干妈”的叙述和追忆，还原了上世纪六七十年代中国农村普普通通的妇女形象，高度赞扬了留存在底层劳动者身上的母性本能和人格力量。诗中巧妙采用陕北信天游的艺术手段，如“穷山村最富裕的东西是长长的夜/穷乡亲最美好的享受是早早地睡”等诗句，使诗歌更接地气，诗句更为生动，从而更有生命力。

一棵开花的树

席慕蓉

如何让你遇见我
在我最美丽的时刻　为这
我已在佛前　求了五百年
求它让我们结一段尘缘

佛于是把我化作一棵树
长在你必经的路旁
阳光下慎重地开满了花
朵朵都是我前世的盼望

当你走近　请你细听
颤抖的叶是我等待的热情
而当你终于无视地走过
在你身后落了一地的
朋友啊　那不是花瓣
是我凋零的心

1980. 10. 4

选自《七里香》，大地出版社 1981 年版

【作者简介】

席慕蓉（1943— ），女，蒙古族，原名穆伦·席连勃。生于重庆，原籍内蒙古察哈尔部，当代诗人。1949 年到香港。1954 年去台湾。1956 年毕业于台北师范学校艺术科。1963 年毕业于台湾师范大学艺术系。1964 年赴比利时布鲁塞尔皇家艺术学院专攻油画，获得比利时皇家金牌奖、布鲁塞尔市政府金牌奖等。毕业后到台湾新竹师专美术科任教，台湾知名画家。主要诗集有《七里香》《无怨的青春》《时光九篇》《在那遥远的地方》《河流之歌》《时间草原》《边缘光影》《以诗之名》《迷途诗册》等。

【作品简析】

《一棵开花的树》是一首爱情诗。

诗的开头别致得让人吃惊：“如何让你遇见我 / 在我最美丽的时刻，为这 / 我已在佛前 / 求了五百年”，多么虔诚！正是这份虔诚，才打动了佛心：“佛于是把我化作一棵树 / 长在你必经的路旁 / 阳光下慎重地开满了花 / 朵朵都是我前世的盼望”，精诚所至，金石为开。有佛的帮助，“我”不仅化作了一棵爱情树，而且这棵爱情树的枝、叶、花全有感情：“颤抖的叶是我等待的热情”，“而当你终于无视地走过”，没有接受我的爱情，“在你身后落了一地的 / 朋友啊，那不是花瓣 / 是我凋零的心”，诗写到此，戛然而止。

在这首诗中，“我”的求爱竟如此独特，不是赠送信物，也不是山盟海誓，而是借助佛的力量将自己化作一棵开花的树，长在“你”必经的路旁，向往“你”的关注，企盼“你”的爱护。诗中把宗教信仰引入个人感情，足见“我”的认真和虔诚。诗人把超自然的宗教力量引入“我”的爱，这“爱”就更神圣、更让人刻骨铭心。

甜蜜的复仇

夏　宇

把你的影子加点盐
腌起来
风干

老的时候
下酒

作于 1980 年

选自《备忘录》，1984 年版

【作者简介】

夏宇（1956— ），女，原名黄庆绮，笔名李格弟、童大龙。台湾当代诗人。19 岁开始写诗。毕业于艺专影剧科。早期曾参加草根诗社，个人诗作入选 1981 年由张默所编的《现代女诗人选集》。出版诗集有《备忘录》《腹语术》《现代诗》《不修边幅》等。

【作品简析】

《甜蜜的复仇》这首短诗写的是“我”的失恋感受和对失落的爱情所采取的既让人心疼，又让人感动的处理方式。它一经问世即受到广泛关注。读者多以为是一位中老年诗人所作，其实诗人写这首诗时才二十四岁，而且是一位女性。

《甜蜜的复仇》全诗只有五行十九个汉字，分为两节。这首诗告诉读者的事情十分意外。隐藏于诗中的“我”，竟要对所爱之人的“影子”采取坚决的措施：先是要“把你的影子加点盐”，再“腌起来”，最后“风干”，然后弃置不管。第一节这样写“影子”给读者留下了悬念。第二节说：“老的时候”，拿来“下酒”。原来是要留着老来做下酒菜。这种奇特的方式有些让人吃惊，联系诗题是“甜蜜的复仇”，便发现“我”不是对“你”产生了什么怨恨，而分明是写“你”的一切都一直留在我的记忆里。

《甜蜜的复仇》诗行和文字都极少，但在艺术上却有不同于一般诗歌的特点。首先是对“你的影子”的处理方式充满大胆的想象和夸张。在读者这里是既合情也合理。对于离“我”而去的狠心恋人怎么“惩戒”才解恨呢？仿佛唯有用“咀嚼”的方式，才能解除“我”对“你”这一辈子的“怨恨”。诗人在这里要表达的是“我”年老时回忆起“你”来，心中还有淡淡的美感。因此，才出现越咀嚼越有味道的感觉。足见表面上是“复仇”，其实是“甜蜜”。其次是通过巧妙的比喻散发出新鲜的创意。诗中以“影子”暗喻永不忘记的爱情，发常人所未发，见常人所未见，虽然爱情早已不再，但对于死去的爱情，没有流露半点自怜的悲情。这里蕴含着的积极的生活态度，是足以让读者欣赏与叫好的。而诗题与诗的内容相互补充搭配的方式又像是一体两面的完整个体，在相互对照下，产生了相互激荡的特殊效果，令读者久久回味。

惠安女子

舒　婷

野火在远方，远方
在你琥珀色的眼睛里

以古老部落的银饰
约束柔软的腰肢
幸福虽不可预期，但少女的梦
蒲公英一般徐徐落在海面上
呵，浪花无边无际

天生不爱倾诉苦难
并非苦难已经绝迹
当洞箫和琵琶在晚照中
唤醒普遍的忧伤
你把头巾一角轻轻咬在嘴里

这样优美地站在海天之间
令人忽略了：你的裸足
所踩过的碱滩和礁石
于是，在封面和插图中
你成为风景，成为传奇

1981年4月

选自《舒婷诗文自选集》，漓江出版社1997年版

【作者简介】

见《致橡树》。

【作品简析】

《惠安女子》这首诗抒写了惠安女真实的生命状态，塑造了惠安女“把头巾一角轻轻咬在嘴里”的忧伤形象，寄寓着诗人深沉的忧患意识，表达了诗人对苦难负重的惠安女的无比同情。

全诗分为四节。第一节只有两句：“野火在远方，远方 / 在你琥珀色的眼睛里。”“野火”指生命的渴望，两个“远方”的叠加与强调，意指那份“渴望”遥不可及。第二节写惠安女对人生充满着梦想。虽然“柔软的腰肢”，仍“以古老部落的银饰”来“约束”，但传统的重压反而催生了少女的梦想，那梦想像飞扬的蒲公英，又像翻飞的浪花，哪怕蒲公英落在海面难以存活，哪怕海潮所激起的浪花最终归于平静，但好梦终归还要做。第三节写惠安女对于苦难的顽强承受力：“天生不爱倾诉苦难 / 并非苦难已经绝迹”。在惠安女看来，苦难既然存在，倾诉又有何用？只有自己默默地承受吧。诗的最后一节写惠安女的优美形象和真实命运，提醒人们不要只注意到惠安女立于海天之间，上了封面，成了插图，成为风景，成为传奇，而忽略了惠安女她的“裸足”和她“所踩过的碱滩和礁石”。这里，诗人对那些把“苦难”作为对象来欣赏的人做出了淡淡的却又是极为有力的反讽。

《惠安女子》显示了诗人善于从客观生活中提炼诗歌意象的能力，“当洞箫和琵琶在晚照中 / 唤醒普通的忧伤 / 你把头巾一角轻轻咬在嘴里”，白描手法再现了有着“银饰”“头巾”“裸足”等特征的惠安女的光辉和美丽。诗中的转折句式，也很好地表现了惠安女感情的复杂与细腻。

三片叶子

梅绍静

三片嫩叶像三只绿色的小鸟儿，
骄傲地站在树桩上。

树桩只发出这一条绿茎，
绿茎上只有这三只小鸟。

多可爱的小东西啊，
它们还要为砍断的树桩歌唱。

即使只有这三片绿叶也要向世界呼喊，
让人们永远憧憬那被剥夺的满树春光。

1981 年

选自《她就是那个梅》，作家出版社 1986 年版

【作者简介】

梅绍静（1948— ），女，笔名少敬、小婷。四川广安人。1967年毕业于北京大学附中。1969年赴延安地区宜川壶口公社插队务农。1972年开始发表作品。1977年考入陕西师范大学学习，后因病退学，到无线电厂工作。后到延安地区文联工作，任延安地区文艺创作室专业作家，延安地区作协副主席、《延安文学》副主编。1985年加入中国作家协会。1988年毕业于北京大学中文系，任《诗刊》编辑、编审。著有诗集《兰珍子》《唢呐声声》《女娲的天空》《她就是那个梅》《莫望落叶风天》等。《她就是那个梅》获第三届全国优秀新诗集奖。《唢呐声声》获陕西省文联开拓奖。1988年获首届庄重文文学奖。

【作品简析】

《三片叶子》这首诗通过对一棵被无情砍伐后又顽强地长出三片叶子的树的咏赞，表达了诗人对历史动乱和现实转机的思考。反映了作者的生活态度和人生理想。

全诗分为四节。第一节："三片嫩叶像三只绿色的小鸟儿 / 骄傲地站在树桩上"，告诉读者这三片叶子艰难的生存位置。第二节："树桩只发出这一条绿茎 / 绿茎上只有这三只小鸟"，写三片叶子共一条绿茎，共有一个生命之根，它们相依为命。第三、四节："多可爱的小东西啊 / 它们还要为砍断的树桩歌唱""即使只有这三片绿叶也要向世界呼喊 / 让人们永远憧憬那被剥夺的满树春光"，写三片嫩叶，只要生命尚存，就要为生活歌唱，就要播撒春光。

比拟和象征手法的运用是这首诗的显著特点，诗人把三片绿叶比喻为三只绿色的小鸟，同时，又将小鸟拟人化，写它们不屈的生命意志，在恶劣的环境中骄傲地"呼喊"和"歌唱"。诗人对"树桩""三片叶子"的描写，无疑带有浓厚的象征意味，让人联想到历经的"劫难"。另外，全诗采用了两行一节的陕北"信天游"结构形式，句式简洁自然，语言清新朴实，含义丰富，与牛汉的《半棵树》可谓异曲同工。

云南的云

白　桦

你透明，
因为你太纯净；
离灰尘很远，
离太阳很近。

你快乐，
因为你淡泊无争；
既不积累实利，
又不收集虚名。

你自由，
因为你太轻盈；
刚刚还在山顶上徘徊，
转瞬之间又飘然远行。

你幸福，
因为你勇于牺牲；
为了花常开、叶常青，
你撒尽了化为泪雨的生命。

你美满，
因为你领悟了永恒；
永恒就是花开花谢，
永恒就是死死生生。

你也有痛苦，
因为你太多情，
大地如此美丽，
你有多少爱，才能把债还清。

选自《文汇报》，1982 年 4 月 1 日

【作者简介】

白桦（1930— ），原名陈佑华，河南信阳人。当代诗人、剧作家。早年在汉川中学读书时即开始诗歌创作。1947 年参加中国人民解放军。1952 年任中国人民解放军昆明军区创作组组长。1955 年调中国人民解放军总政治部创作室任创作员，同年加入中国作家协会。1958 年在上海八一电影机械厂当钳工。1961 年调上海海燕电影制片厂任编剧。1964 年调武汉军区话剧团任编剧。1985 年转业到上海作家协会，任副主席，从事专业创作。著有诗集《金沙江的怀念》《鹰群》《热芭人的歌》《孔雀》等。

【作品简析】

《云南的云》是一首托物言志的抒情诗。诗人选择第二人称与白云面对面对话谈心的方式，盛赞了“云南的云”这个人格化的高洁形象，同时，也袒露自己的襟怀，表达了诗人自己淡泊无争、乐于奉献的人生态度。

在诗人眼中，“云南的云”有着种种美好的特征：“透明”“快乐”“自由”“幸福”“美满”“也有痛苦”，诗人依此六大特征将全诗写成六节。“你透明”一节，点出了“云南的云”所选择的处世立场——“离灰尘很远 / 离太阳很近”，这里，太阳是美好光明的象征，灰尘指追名逐利的世俗陋习。“你快乐”一节，指明了“云南的云”的生活态度：“既不积累实利 / 又不收集虚名”，真正地与世无争。“你自由”一节，活画出“云南的云”在空中的英姿：“刚刚还在山顶徘徊 / 转瞬之间又飘然远行。”“你幸福”一节，写“云南的云”一生为了“花常开、叶常青”的世界而“撒尽了化为泪雨的生命”，这里，云南的云具有了奉献的意蕴，诗人借此赞美具有奉献精神的人。“你美满”一节，写“云南的云”领悟到只有终生奉献才是永恒，才是美满的生活哲理。“你也有痛苦”一节，写“大地如此美丽”，而云彩又如此多情，这必然导致“云南的云”终生奉献的命运，诗人的自画像也到此完成。

借物抒情，托物言志，通过描写具体事物的特性来抒发诗人相应的情感，是中国历代诗歌的一大特色。《云南的云》这首诗描画了“云南的云”淡泊无争、自由自在、美丽高洁的个性。诗人富于想象力，把“云南的云”写得气韵飘逸，别具情趣，富有立体感，饱含着诗人真挚的情感和对人世间万事万物的感悟。

长江之歌

胡宏伟

你从雪山走来，
春潮是你的丰采；
你向东海奔去，
惊涛是你的气概。
你用甘甜的乳汁，
哺育各族儿女；
你用健美的臂膀，
挽起高山大海。
我们赞美长江，
你是无穷的源泉；
我们依恋长江，
你有母亲的情怀。

你从远古走来，
巨浪荡涤着尘埃；
你向未来奔去，
涛声回荡在天外。
你用纯洁的清流，
灌溉花的国土；
你用磅礴的力量，
推动新的时代。
我们赞美长江，
你是无穷的源泉；
我们依恋长江，
你有母亲的情怀。

写于 1983 年

选自《中外通俗歌曲鉴赏辞典》，世界知识出版社 1990 年版

【作者简介】

胡宏伟（1953— ），辽宁省沈阳人。国家一级编剧、词作家。1978年开始从事专业歌词创作。任中国人民解放军沈阳军区前进歌舞团创作员时创作了《长江之歌》。现为沈阳军区前进歌舞团副团长、中国音乐文学学会理事、辽宁省文联委员、辽宁省音乐家协会副主席、辽宁省音乐文学学会副主席。《中国共青团团歌》《长江之歌》是他的代表作。

【作品简析】

《长江之歌》是电视专题片《话说长江》的主题歌，也是一首优美的山水抒情诗。它是从1984年3月电视专题片《话说长江》主题歌词征集活动中的八千多首应征歌词中脱颖而出的。歌词通过赞美长江表达了中华儿女继往开来的豪迈情怀，歌词全篇虚实相间，充满诗情画意，与《话说长江》主题曲优美的旋律完全吻合，令人赞叹。

这首歌词由两段组成。第一段以拟人化手法描画了中国人民的母亲河——长江的地理方位和动人英姿："你从雪山走来/春潮是你的丰采/你向东海奔去/惊涛是你的气概/你用甘甜的乳汁/哺育各族儿女/你用健美的臂膀/挽起高山大海。"主要是从地理角度描写长江，歌颂长江一泻千里，滋润两岸的气概，侧重写实。第二段同样以拟人化手法描绘了长江的历史走向和巨大作用："你从远古走来/巨浪荡涤着尘埃/你向未来奔去/涛声回荡在天外/你用纯洁的清流/灌溉花的国土/你用磅礴的力量/推动新的时代。"主要是从时空的角度描写长江，赋予长江一种象征意义，永远充满青春活力，极力抒情。两段的最后四行："我们赞美长江/你是无穷的源泉/我们依恋长江/你有母亲的情怀。"是反复吟唱，朴实无华地表达了长江所具有的丰富内涵。

歌词避开对长江的实写，仅以"春潮""惊涛""巨浪"和"乳汁""臂膀""清流"就完成了一幅长江的写意画，在这幅画中，我们中华民族的母亲河——长江有刚有柔，形象丰满。拟人、比喻、反复等手法的运用，极大地丰富了歌词的诗意。

阳光中的向日葵

芒　克

你看到了吗
你看到阳光中的那棵向日葵了吗
你看它，它没有低下头
而是在把头转向身后
它把头转了过去
就好像是为了一口咬断
那套在它脖子上的
那牵在太阳手中的绳索

你看到了吗
你看到那棵昂着头
怒视着太阳的向日葵了吗
它的头几乎已把太阳遮住
它的头即使是在没有太阳的时候
也依然在闪耀着光芒

你看到那棵向日葵了吗
你应该走近它去看看
你走近它你便会发现
它的生命是和土地连在一起的
它脚下的那片泥土
每抓起一把
都一定会攥出血来

作于 1983 年

选自《诗刊》，1987 年第 7 期

【作者简介】

芒克（1950— ），原名姜世伟，生于沈阳，1956年随全家迁入北京市。当代诗人。1969年到河北省白洋淀插队。1978年底与北岛共同创办文学刊物《今天》，并出版诗集《心事》。1987年与唐晓渡、杨炼组织了“幸存者诗歌俱乐部”，并出版刊物《幸存者》。曾应邀访问过法国、意大利、英国、西班牙、荷兰、澳大利亚、美国、瑞典、古巴和日本等国，并进行学术交流。出版诗集有《阳光中的向日葵》《芒克诗选》《没有时间的时间》《今天是哪一天》《芒克的诗歌》等。作品被翻译成英、法、意大利、德、西班牙、荷兰、瑞典、日文等。

【作品简析】

《阳光中的向日葵》借助一棵有着象征意义的向日葵形象，激励那些饱受磨难的人们，为了自我价值的实现，要坚决地进行抗争，以期实现个人独立的人格。从这个意义上讲，这首诗是改革开放初期的一篇关于自我意识觉醒的宣言。

全诗共三节。第一节开篇即一反传统诗意，将头颅被阳光牵引、面孔朝向太阳、丧失了自我意志的“向日葵”与“太阳”这一对矛盾作了别样处理。可贵的是“向日葵”并“没有低下头”，而是“一口咬断”“那牵在太阳手中的绳索”。第二节描述“向日葵”以一种生机勃勃、不屈不挠的姿态和磅礴奋发的力量展现在人们面前的，“它的头几乎已把太阳遮住/它的头即使是在没有太阳的时候/也依然在闪耀着光芒”。第三节写“向日葵”与脚下土地的血肉联系。请看它的脚下，是“会攥出血来”的泥土，显示了抗争获胜的来之不易，歌颂了“向日葵”生命的坚强。

这首诗在艺术上的特色，是诗人在表达时代的声音时，借助一棵向日葵的形象，采用象征的手法含蓄地暗示出来，我们在品味这首诗的时候，真切地感受着这棵“向日葵”的抗争、愤怒、喜悦和痛苦，心随着这棵“向日葵”跳动，情感随着这棵“向日葵”起伏，从而获得的是一种全新的诗意的审美体验。

中文系

李亚伟

中文系是一条撒满钓饵的大河
浅滩边，一个教授和一群讲师正在
撒网
网住的鱼儿
上岸就当助教，然后
当屈原的秘书，当李白的随从
当儿童们的故事大王，然后，再去
撒网
有时，一个树桩般的老太婆
来到河埠头——鲁迅的洗手处
搅起些早已沉滞的肥皂泡
让孩子们吃下。一个老头
在讲桌上爆炒野草的时候
放些失效的味精
这些要吃透《野草》《花边》的人
把鲁迅存进银行，吃他的利息

在河的上游，孔子仍在垂钓
一些教授用成绺的胡须当钓线
以孔子的名义放排钩钓无数的人
当钟声敲响教室的阶梯
阶梯和窗格荡起夕阳的水波
一尾戴眼镜的小鱼还在独自咬钩

当一个大诗人率领一伙小诗人在
古代写诗
写王维写过的那些石头
一些蠢鲫鱼或一条傻白鲢
就可能在期末渔汛的尾声
挨一记考试的耳光飞跌出门外
老师说过要做伟人
就得吃伟人的剩饭背诵伟人的咳嗽
亚伟想做伟人
想和古代的伟人一起干
他每天咳着各种各样的声音从图书馆
回到寝室
一年级的学生，那些
小金鱼小鲫鱼还不大到图书馆
及茶馆酒楼去吃细菌，常停泊在教
室或
老乡的身边，有时在黑桃Q的桌下
快活地穿梭
诗人胡玉是个老油子
就是溜冰不太在行，于是
常常踏着自己的长发溜进
女生密集的场所用鳃
唱一首关于晚风吹拂澎湖湾的歌
更多的时间是和亚伟

在酒馆里的石缝里吐各种气泡

二十四岁的敖歌已经
二十四年都没写诗了
可他本身就是一首诗
常在五公尺外爱一个姑娘
节假日发半价电报
由于没记住韩愈是中国人还是苏联人
敖歌悲壮地降了一级，他想外逃
但他害怕爬上香港的海滩会立即
被警察抓去考古汉语
万夏每天起床后的问题是
继续吃饭还是永远不再吃了
和女朋友卖完旧衣服后
脑袋常吱吱地发出喝酒的信号
他的水龙头身材里拍击着
黄河愤怒的波涛，拐弯处挂着
寻人启事和他的画夹
大伙的拜把兄弟小绵阳
花一个月读完半页书后去食堂
打饭也打炊哥
最后他却被蒋学模主编的那枚深水
炸弹
击出浅水区
现已不知饿死在哪个遥远的车站
中文系就是这么的
学生们白天朝拜古人和王力和黑板
晚上就朝拜银幕或很容易地
就到街上去凤求凰兮
这显示了中文系自食其力的能力
亚伟在露水上爱过的那医专的桃金娘
被历史系的瘦猴赊去了很久
最后也还回来了，亚伟
是进攻医专的元勋他拒绝谈判
医专的姑娘就有被全歼的可能
医专就有光荣地成为中文系的夫人
学校的可能
诗人老杨老是打算
和刚认识的姑娘结婚，老是
以鲨鱼的面孔游上赌饭票的牌桌
这根恶棍与四个食堂的炊哥混得烂熟
却连写作课的老师至今还不认得
他曾精辟地认为大学
就是酒店就是医专就是知识
知识就是书本就是女人
女人就是考试
每个男人可要及格啦
中文系就这样流着
教授们在讲义上喃喃游动
学生们找到了关键的字
就在外面画上漩涡
画上教授们可能设置的陷阱
把教授们嘀嘀咕咕吐出的气泡
在林荫道上吹到期末
教授们也骑上自己的气泡
朝下漂像手执丈八蛇矛的
辫子将军在河上巡逻
河那边他说“之”河这边说“乎”
遇到情况教授警惕地问口令：“者”
学生在暗处答道：“也”
根据校规领导命令学生思想自由
命令学生在大小集会上不得胡说八道

校规规定教授要鼓励学生创新
成果可在酒馆里对女服务员汇报
不得污染期终卷面
中文系也学外国文学
重点学鲍狄埃学高尔基，有晚上
厕所里奔出一神色慌张的讲师
他大声喊：同学们
快撤，里面有现代派

中文系在古战场上流过
在怀抱贞洁的教授和意境深远的月亮
下面流过，河岸上奔跑着烈女
那些石洞里坐满了忠于杜甫的寡妇
和三姨太，坐满了秀才进士们的小妾
中文系从马致远的古道旁流过
以后置宾语的身份
被把字句提到生活的前面
中文系如今是流上矛盾巴金们的讲台了
中文系有时在梦中流过，缓缓地
像亚伟撒在干土上的小便，像可怜的流浪着的
小绵阳身后那消逝而又起伏的脚印，它的波浪
随毕业时的被盖卷一叠叠地远去

作于 1983 年

选自《莽汉·撒娇——李亚伟·默默诗选》，李少君编，时代文艺出版社 2005 年版。

【作者简介】

李亚伟（1963— ），重庆市酉阳县人，现代诗人，莽汉主义诗歌流派创始人之一。1982年开始诗歌创作。1983年毕业于南充师范学院中文系。为第三代人诗歌的发起者和代表人物之一。1984年与万夏、胡冬、马松、二毛、胡钰、蔡利华等人创立莽汉诗歌流派。1993年下海经商。2000年创办成都五谷田餐饮文化有限公司，在重庆和成都开设有数家“香积厨”酒楼连锁店。诗作收入《后朦胧诗全集》(1993)。主要作品有《中文系》《少年与光头》《异乡的女子》《风中的美人》《酒中的窗户》和《秋天的红颜》等。

【作品简析】

《中文系》是李亚伟20岁时创作的作品。这首诗颠覆了读者心中神圣的文学殿堂，一声声莽汉的呐喊，解构了文学的高尚，解除了文人的矜持。在中文系平凡的日常生活中挖掘了美和诗意。

全诗共分六节。第一、二、三节为第一部分，写中文系的因循守旧。诗人先写中文系师生的守旧、陈腐、抱残守缺和沽名钓誉。只知道引导学生当屈原的秘书，吃鲁迅的利息，吃伟人的剩饭背诵伟人的咳嗽。写中文系的情状入木三分、绘声绘色。第四节为第二部分，深层次爆料中文系学生的种种“劣迹”。如男生常到女生多的地方“厮混”，设赌饭票赌桌，藐视古典课程，颓废喝酒，不认识写作课老师，发“知识就是女人，女人就是考试”的谬论，和炊事员打架，晚上看电影泡妞，还竟然理直气壮、振振有词。第五节为第三部分，写古典文学对中文系的影响。第六节为第四部分，写现当代文学对中文系的塑造。

这是一首极尽调侃中文系的诗。在艺术创作中，李亚伟彻底打碎了旧的诗歌创作模式。诗人意在呼唤更有活力、更能调动师生教与学的积极性与创造力的教育模式。当然，诗人在极尽调侃中仍守住了道德底线，笔下的人物没有天性邪恶的角色，充满了喜剧色彩。这应该是思想解放的结果。这首诗一经问世，对于老牌中文系有极强的杀伤力，也颇能引人深思。该诗的思想性大于艺术性，这是诗人自己始料不及的。

看划龙船

非　马

如果鼓声是龙的心跳
那几十支桨该是龙的脚吧！

鼓，越敲越响
心，越跳越急
脚，点着水
越走越快越轻盈
而岸上小小的心呵
便也一个个咚咚咚咚地
一起一落
一起一落

爸爸们
请牵牢你们孩子的小手！
说不定什么时间
他们当中有人
会随着龙的一声呼啸
腾空而起

作于 1983.12.2

选自《非马集》，三联书店香港分店 1984 年版

【作者简介】

非马（1936— ），原名马为义。生于台湾，在原籍广东潮阳度过童年。当代诗人。台北工业专科学校毕业。毕业后到台湾屏东糖厂任职。1955年开始发表诗作。1960年留学美国马开大学、威斯康辛大学，并在美国从事能源研究工作多年。退休后专心写作及绘画雕塑。在美国，非马的双语诗创作赢得了众多的读者与高度的赞誉。著有诗集《在风城》、《非马诗选》、《非马新诗自选集》（四卷）等19部。

【作品简析】

划龙船是中华民族历久不衰的传统习俗。它体现了中华民族齐心协力、勇往直前的精神，《看划龙船》这首诗写的就是孩子们随大人看划龙船时的表现。歌颂了华夏子孙作为龙的传人，血脉里都流淌着龙的精神。

全诗分为三节。诗的第一节只有两行："如果鼓声是龙的心跳/那几十支桨该是龙的脚吧！"长长的龙船有似龙的形状，船有桨而龙有爪，击鼓有声而心跳有音，诗人就此展开巧妙的想象，写"鼓声是龙的心跳"，这一新奇的比喻为后两节的诗意展开做了极好的铺垫。诗的第二节将水上的"划龙船"和岸上的"看划龙船"一同送入读者的阅读视野："鼓，越敲越响/心，越跳越急"，这是对第一节第一句的呼应和续写；"脚，点着水/越走越快越轻盈"则是呼应第一节的第二句，把龙舟竞渡的场面只从效果上做了诗意化的特写。如此的紧张场面，岸上的观众有何反应呢？诗人选取看什么都新鲜的小朋友们的视角："而岸上小小的心呵/便也一个个咚咚咚咚地/一起一落/一起一落"，"小小的心"点明是孩子，"一起一落/一起一落"的复沓写法，活画出孩子们的兴高采烈与欢呼雀跃。第三节是诗人生发出的奇妙想象，也是全诗诗意的升华："爸爸们/请牵牢你们孩子的小手"，这一句为后四句蓄势，后四句："说不定什么时间/他们当中有人/会随着龙的一声呼啸/腾空而起"。诗到此戛然而止。

在这首诗中，对比、夸张手法的运用和新奇、大胆的想象的加入，使得全诗留给读者的深刻印象不是水面上的龙船，而是高空中的小飞龙。它带给读者的惊奇、喜悦和振奋，出乎意料之外，又在情理之中。好像雨后你要去看飞瀑，却意外发现了彩虹。

尚义街六号

于 坚

尚义街六号
法国式的黄房子
老吴的裤子晾在二楼
喊一声 胯下就钻出戴眼镜的脑袋
隔壁的大厕所
天天清早排着长队
我们往往在黄昏光临
打开烟盒 打开嘴巴
打开灯
墙上钉着于坚的画
许多人不以为然
他们只认识梵高
老卡的衬衣 揉成一团抹布
我们用它拭手上的果汁
他在翻一本黄书
后来他恋爱了
常常双双来临
在这里吵架 在这里调情
有一天他们宣告分手
朋友们一阵轻松 很高兴
次日他又送来结婚的请柬
大家也衣冠楚楚 前去赴宴
桌上总是摊开朱小羊的手稿
那些字乱七八糟
这个杂种警察一样盯牢我们
面对那双红丝丝的眼睛
我们只好说得朦胧
像一首时髦的诗
李勃的拖鞋压着费嘉的皮鞋
他已经成名了 有一本蓝皮会员证
他常常躺在上边
告诉我们应当怎样穿鞋子
怎样小便 怎样洗短裤
怎样炒白菜 怎样睡觉 等等
八二年他从北京回来
外衣比过去深沉
他讲文坛内幕
口气像作协主席
茶水是老吴的 电表是老吴的
地板是老吴的 邻居是老吴的
媳妇是老吴的 胃舒平是老吴的
口痰烟头空气朋友 是老吴的
老吴的笔躲在抽桌里
很少露面
没有妓女的城市
童男子们老练地谈着女人
偶尔有裙子们进来
大家就扣好纽扣
那年纪我们都渴望钻进一条裙子
又不肯弯下腰去

于坚还没有成名
每回都被教训
在一张旧报纸上
他写下许多意味深长的笔名
有一人大家都很怕他
他在某某处工作
“他来是有用心的，
我们什么也不要讲！”
有些日子天气不好
生活中经常倒霉
我们就攻击费嘉的近作
称朱小羊为大师
后来这只羊摸摸钱包
支支吾吾　闪烁其辞
八张嘴马上笑嘻嘻地站起
那是智慧的年代
许多谈话如果录音
可以出一本名著
那是热闹的年代
许多脸都在这里出现
今天你去城里问问
他们都大名鼎鼎
外面下着小雨
我们来到街上
空荡荡的大厕所
他第一回独自使用
一些人结婚了
一些人成名了
一些人要到西部
老吴也要去西部
大家骂他硬充汉子
心中惶惶不安
吴文光　你走了
今晚我去哪里混饭
恩恩怨怨　吵吵嚷嚷
大家终于走散
剩下一片空地板
像一张旧唱片　再也不响
在别的地方
我们常常提到尚义街六号
说是很多年后的一天
孩子们要来参观

1984 年 6 月

选自《他们》，1985 年第 2 期

【作者简介】

于坚（1954— ），生于昆明。当代诗人。14岁辍学，当过铆工、电焊工、搬运工等。20岁开始写诗，25岁发表作品。1984年毕业于云南大学中文系。1985年与韩东等人合办诗刊《他们》。1986年发表成名作《尚义街六号》，1994年发表长诗《0档案》受到广泛赞誉。出版诗集有《诗六十首》《对一只乌鸦的命名》《于坚的诗》《便条集》《诗集与图像》等。

【作品简析】

《尚义街六号》以平民的视角为20世纪80年代的青年人描画了一幅真实的集体生活群像，忠实地记录了改革开放初期青年群体的日常生活。它像一幕情景剧，生动地展现了“尚义街六号”这个生活群体乐观的生活态度以及洋溢着健康的青春气息。

全诗共九十二行，不分段也未分节。虽是一首叙事诗，但洋溢着以前诗歌少有的幽默感。诗人于坚就像一个高明的摄影师，为读者留下了那个年代那些年轻朋友放松心情、快乐生活的传神剪影：主人老吴“裤子晾在二楼/喊一声，胯下就钻出戴眼镜的脑袋”；老卡与女友“在这里吵架，在这里调情”；李勃“他已经成名了，有一本蓝皮会员证”，“他讲文坛内幕/口气像作协主席”；至于于坚自己“还没有成名/每回都被教训”。这个群体对于爱情也有憧憬：“没有妓女的城市/童男子们老练地谈着女人/偶尔有裙子们进来/大家就扣好纽扣/那年纪我们都渴望钻进一条裙子/又不肯弯下腰去”，这些文字写得十分俏皮。过去，琐屑的日常生活很少被诗人们写入诗里，而这首诗却把朴素的生活写出了清新的诗意。

《尚义街六号》在艺术上的特色，是诗中运用了提喻手法，如“脑袋”“裙子”“八张嘴”等，再现了口语的简洁和风趣。诗人让口语大量入诗，也让读者顿然发现，诗歌还可以这样写，可以这样随便，还可以有些“不正经”，而读后又令人忍俊不禁。读者读后感觉轻松、快乐。于坚和第三代诗人，就是这样以他们的大胆探索，为新诗创作开辟了新的天地。尚义街六号可以不去探究它在哪里，那些属于青春的画面却注定要长留在读者的心中。

背　影

郑　玲

他站在山冈上
背影　比山更为凝重
完全浸入深沉的静止
石像似的　一动也不动
在看长河的落日吗
也许江水正沿着夕阳的光线
丰沛地注入他的心中
从那向后飘拂的头发
我看见了他思绪中流动的风

他在想些什么呢
一种参不透的沉默
横亘在我们之间
这沉默　像充满大气的
草木的馥郁
我不愿意把它驱散

虽然我看不见他的脸
但我知道　他从来没有
比这石化了的时刻更为活跃
那被壮丽山河激起的热情
连同明丽的夕照
都在他的目光中熊熊燃烧

诗与现实的联合王国
(这伟大的双重世界)
已在他的眼前展开
我不敢走近
更不敢呼唤
此时此刻　他属于他的创造

我只能远远地　远远地等待
等待这一尊云石的雕像
如何容光焕发地
转过身来

选自《羊城晚报》,
1984 年 11 月 24 日

【作者简介】

郑玲（1931—　），女，重庆人，当代诗人。1949年参加解放军湘南支队文工团。历任文工团团员、创作员，湖南人民出版社文艺组编辑，《株厂工人报》主编。1950年开始发表作品。1958年被错划为“右派”，因故中断创作二十余年，1979年改正。1980年重新执笔。曾任株洲市作协主席。1988年加入中国作家协会。离休后定居广州。出版诗集有《小人鱼之歌》《风暴蝴蝶》《郑玲诗选》《瞬息流火》《郑玲短诗选》《郑玲世纪诗选》等。组诗《相见与别离》获《诗刊》2002年度“优秀作品奖”。诗歌《洞庭之恋》获湖南省第一届文艺创作奖。

【作品简析】

《背影》是诗人郑玲在改革开放之初创作的一首诗歌名作。这首诗为广大的读者“背影”式地完成了一尊改革者的雕像，对改革者和领航者发出了热情的赞颂。

诗中引入了“我”作为“背影”的观察者。三十一行诗句分为五节。第一节写“他”面对壮丽的河山在思考。虽然他的“背影”像“石像似的一动也不动”，但“从那向后飘拂的头发/我看见了他思绪中流动的风”。然而，“他”在想些什么呢？接下来第二节仍写“他”在思考，观察者的“我”与“背影”保持着沉默。伟大的思想不需要喧哗，也不需要张扬。因而“我不愿意把它驱散”。第三节写“虽然我看不见他的脸”，但“我”与“背影”心灵相通，心心相印，因为“我知道，他从来没有/比这石化了的时刻更为活跃/那被壮丽山河激起的热情/连同明丽的夕照/都在他的目光中熊熊燃烧”。第四节写改革者的美丽宏图“已在他的眼前展开/我不敢走近/更不敢呼唤/此时此刻，他属于他的创造”。第五节写“我”等待“他”的成功并“容光焕发地/转过身来”。诗到此戛然而止。

《背影》的诗意含蓄，应该归入朦胧诗。从艺术的角度分析，这首诗极具想象力，极有雕塑感，诗味浓郁，留给读者的是深深的回味。

女　人（组诗选一）

翟永明

母　亲

无力到达的地方太多了，脚在疼痛，母亲，你没有
教会我在贪婪的朝霞中染上古老的哀愁。我的心只像你

你是我的母亲，我甚至是你的血液在黎明流出的
血泊中使你惊讶地看到你自己，你使我醒来

听到这世界的声音，你让我生下来，你让我与不幸构成
这世界的可怕的双胞胎。多年来，我已记不得今夜的哭声

那使你受孕的光芒，来得多么遥远，多么可疑，站在生与死
之间，你的眼睛拥有黑暗而进入脚底的阴影何等沉重

在你怀抱之中，我曾露出谜底似的笑容，有谁知道
你让我以童贞方式领悟一切，但我却无动于衷

我把这世界当作处女，难道我对着你发出的
爽朗的笑声没有燃烧起足够的夏季吗？没有？

我被遗弃在世上，只身一人，太阳的光线悲哀地
笼罩着我，当你俯身世界时是否知道你遗落了什么？

岁月把我放在磨子里，让我亲眼看见自己被碾碎
呵，母亲，当我终于变得沉默，你是否为之欣喜

没有人知道我是怎样不着痕迹地爱你，这秘密
来自你的一部分，我的眼睛像两个伤口痛苦地望着你

活着为了活着，我自取灭亡，以对抗亘古已久的爱
一块石头被抛弃，直到像骨髓一样风干，这世界

有了孤儿，使一切祝福暴露无遗，然而谁最清楚
凡在母亲手上站过的人，终会因诞生而死去

一九八四年

选自《诗刊》，1986 年第 9 期

宗

【作者简介】

翟永明（1955— ），女，四川成都人。当代女诗人。1974年高中毕业下乡插队。毕业于四川成都电讯工程学院。曾供职某物理研究所。1981年开始发表诗作。1984年其组诗《女人》以独特奇诡的语言与惊世骇俗的女性立场震撼文坛。1996年成为自由撰稿人。1998年在成都开设“白夜”文化沙龙，策划一系列文学、艺术及民间影像活动。2010年入选“中国十佳女诗人”。2011年获意大利Ceppo Pistoia国际文学奖。出版诗集有《女人》《黑夜里的素歌》《在一切玫瑰之上》《纽约，纽约以西》等诗歌集、散文集十多部。其作品被翻译为英、德、日、荷兰文出版。

【作品简析】

组诗《女人》彰显了翟永明是当之无愧的女性诗歌代表人物，而《母亲》即选自组诗《女人》。这首诗通过对母女关系的描写，发现和挖掘了女性命运的秘密。

全诗共十一节，可分为三层。前四节为第一层。这一层揭示了母亲生下女儿是女性命运所在。而母女命运的一体性，是通过“你没有教会我”“我的心只像你”“血泊中使你惊讶地看到你自己，你使我醒来”“你让我生下来，你让我与不幸构成这世界的可怕的双胞胎”。暗示了女性的共同命运具有自然而无法更改的天性。第五、六、七节为第二层。这一层写“我”虽然生活在母亲的“怀抱之中”，但母女俩作为两个个体存在着隔阂，你不懂“我”的“笑容”，而“你让我以童贞方式领悟一切，但我却无动于衷”。因此，“我对着你发出的爽朗的笑声”并没有在母亲那里“燃烧起足够的夏季”，两个“没有”以及两个问号，透露了作为女儿的失望情绪。忙碌的母亲与观望的女儿构成各自的“存在”。第八、九、十、十一节为第三层。这一层写“我”对母女关系及自我命运的反思。一方面，表达作为女儿对母亲的深爱：“没有人知道我是怎样不着痕迹地爱你”，另一方面，揭示诗歌的女性主题“凡在母亲手上站过的人，终会因诞生而死去”，即当“我”站在母亲手上时，我是女儿；而当另一个“女儿”诞生时，另一个“母亲”也随之诞生。这就是生命的链条。角色的必然转换是女性的共同命运。

《母亲》这首诗采用心灵独白式的写法，让“女儿”与“母亲”展开心灵对话，感情细腻，思想深刻，对人间的“母爱”作了冷静、客观的歌颂，读懂这首诗的人，会加深对“母爱”的理解与敬重。

镜　中

张　枣

只要想起一生中后悔的事
梅花便落了下来
比如看她游泳到河的另一岸
比如登上一株松木梯子
危险的事固然美丽
不如看她骑马归来
面颊温暖
羞涩。低下头，回答着皇帝
一面镜子永远等候她
让她坐到镜中常坐的地方
望着窗外，只要想起一生中后悔的事
梅花便落满了南山

作于 1984 年

选自《春秋来信》，文化艺术出版社 1998 年版

【作者简介】

张枣（1962—2010），湖南长沙人。当代诗人、学者、翻译家。1978年考入湖南师范大学外语系，1983年考入四川外语学院英美文学专业攻读硕士研究生。1986年出国，常年旅居德国，获德国特里尔大学文哲博士，后在图宾根大学任教，归国后曾任教于河南大学文学院、中央民族大学文学与新闻传播学院。主要诗集有《春秋来信》《张枣的诗》等。另有英语、德语诗歌和童话译作若干。

【作品简析】

《镜中》是诗人张枣于20世纪80年代创作的一首著名的爱情诗。全诗以内心独白的方式叙述了抒情主人公坐在家里思念已分手的恋人，表达了抒情主人公浓郁的后悔情绪。

全诗共十二行，分为三层。第一至第四行为第一层。写抒情主人公回忆男女主人公的过去："比如看她游泳到河的另一岸／比如登上一株松木梯子"。从这两个意象中可以看出，"危险的事固然美丽"，运动确实存在风险，但对情侣来说，室外再好也不及室内隐秘美好。因此，第五至第十行为第二层，全诗到此将这一对情侣由室外引到室内："不如看她骑马归来／面颊温暖／羞涩。低下头，回答着皇帝。"这些室外室内的甜蜜生活无疑是他们的共同经历。而"让她坐到镜中常坐的地方"说明男女主人公常常见面，镜中（也就是室内）见证他们经常幽会。而现在已经痛苦地分手了，只剩下"一面镜子永远等候"，言外之意留给男主公人的只能是后悔与孤独。这里面到底有多少爱情故事？诗人也只能交给读者去想象和补充了。

全诗最成功的地方是诗人在开篇时即引入了一个美好的喻象，"只要想起一生中后悔的事／梅花便落了下来"，在结尾处又再次呈现这个意象，"望着窗外，只要想起一生中后悔的事／梅花便落满了南山"，从而构成诗意的螺旋循环，形成诗句的回旋感与诗意的浓郁感。以"梅花"的不断飘落暗喻"后悔"的无穷无尽，极富古典意境。

有关大雁塔

韩　东

有关大雁塔
我们又能知道些什么
有很多人从远方赶来
为了爬上去
做一次英雄
也有的还来做第二次
或者更多
那些不得意的人们
那些发福的人们
统统爬上去
做一做英雄
然后下来
走进这条大街
转眼不见了
也有有种的往下跳
在台阶上开一朵红花
那就真的成了英雄
当代英雄

有关大雁塔
我们又能知道些什么
我们爬上去
看看四周的风景
然后再下来

选自《他们》，1985 年第 1 期

【作者简介】

韩东（1961— ），生于南京。8岁随父母下放到苏北农村，1980年开始发表作品。1982年毕业于山东大学哲学系。历任陕西财经学院教师，南京审计学院教师。1985年组织“他们文学社”，强调口语写作。曾主编《他们》1—5期，被认为是“第三代诗歌”最主要的代表。1990年加入中国作家协会，任江苏省作家协会理事。1992年成为自由撰稿人，受聘于广东省作家协会成为合同制作家，后转聘于深圳尼克艺术公司。出版有诗集《吉祥的老虎》《爸爸在天上看我》，诗文集《交叉跑动》，等等。

【作品简析】

对于大雁塔这一中华历史与传统的象征，韩东并没有赞美它。在《有关大雁塔》这首诗中，诗人竟以口语化的语言消解了历史和权威，消解了英雄和崇拜。因为诗人在诗中关注的仅仅是当下平常人的日常生活。

这首诗共二十三行。在大雁塔这个唤醒历史记忆的地方，诗人的记忆链条完全断裂了，全篇未提大雁塔的历史，而只写大雁塔的眼前状况，全诗以原生态口语写道：“有关大雁塔/我们又能知道些什么……我们爬上去/看看四周的风景/然后再下来。”从内容上和形式上看，《有关大雁塔》不仅是对有关大雁塔的历史及文化记忆的失忆，更是对以往诗人写作方式的回避。读者从中可以看出，作为中国新诗第三代的主要代表诗人，韩东写的《有关大雁塔》，有意以朴实的生活化的口语入诗，与过去追求诗意的新诗有着明显的不同。对作为中华文明见证者的大雁塔，诗人只是冷静的观察，将满腔的激情还原为生命的平淡，由此开启了新诗反诗化的新途径，而成为后现代口语诗歌的代表作品。

这首诗在艺术上的特点有二：一是全篇从头到尾采用的是一种单纯的叙述笔法，既没有比喻，也没有运用拟人等修辞手法。好像大雁塔本身不是风景，它只是“看看四周的风景/然后再下来”的一个制高点。从这一点讲，《有关大雁塔》是一首关于平民生活的诗歌。二是在和平时代和难出英雄的时代，这首诗从形式到内容无不显示出第三代诗歌的文化批判性。由此，这首诗自问世以来一直受到新生代诗人们的欢迎。

在哈尔盖仰望星空

西　川

有一种神秘你无法驾驭
你只能充当旁观者的角色
听凭那神秘的力量
从遥远的地方发出信号
射出光来，穿透你的心
像今夜，在哈尔盖
在这个远离城市的荒凉的
地方，在这青藏高原上的
一个蚕豆般大小的火车站旁
我抬起头来眺望星空
这时河汉无声，鸟翼稀薄
青草向群星疯狂地生长
马群忘记了飞翔
风吹着空旷的夜也吹着我
风吹着未来也吹着过去
我成为某个人，某间
点着油灯的陋室
而这陋室冰凉的屋顶
被群星的亿万只脚踩成祭坛
我像一个领取圣餐的孩子
放大了胆子，但屏住呼吸

1985，1987，1988

选自《虚构的家谱》，中国和平出版社1997年版

【作者简介】

西川（1963— ），原名刘军，祖籍山东，生于江苏徐州。1985年毕业于北京大学英文系。大学时代开始写诗，倡导诗歌写作中的知识分子精神。与海子、骆一禾被誉为“北大三诗人”。现执教于北京中央美术学院人文学院。1988年春，与陈东东等诗人创办《倾向》诗刊。出版有诗集《虚构的家谱》《大意如此》《西川的诗》，诗文集《深浅》，等等。译有《当代黑非洲诗选》《二十世纪英国诗选》，编有《海子的诗》《海子诗全编》。曾获鲁迅文学奖、庄重文文学奖等。

【作品简析】

哈尔盖，靠近青海湖，是青海省北部的一座小镇，设有哈尔盖车站，为西宁到格尔木的必经之地。《在哈尔盖仰望星空》是诗人西川早期诗作中最广为人知的一首。它写的是诗人在特定时空下的一种感觉。

诗人立身遥远、神奇的青藏高原，仰望灿烂深邃的星空，这一切神奇莫测，远离世俗。在一个深夜，在荒疏苍茫的中国西部，在一个“蚕豆般大小的火车站旁”，诗人眺望河汉，一种神秘巨大的力量，“穿透”诗人的“心”，带来从未有过的魔幻般的感受与体验：“青草向群星疯狂地生长/马群忘记了飞翔”，“群星”生出“亿万只脚”，“我像一个领取圣餐的孩子”，无限地虔诚、恭敬和膜拜神秘的大自然。

这首诗是纯粹的感觉诗，无所寄托又无不寄托。说它无所寄托是指它纯粹的形式感、美感，说它无不寄托则是指它通过对神圣永恒星空的呼应，来暗示现世人生的粗鄙和嘈杂。

还给我

严　力

请还给我那扇没有装过锁的门
哪怕没有房间也请还给我
请还给我早晨叫醒我的那只雄鸡
哪怕被你吃掉了也请把骨头还给我
请还给我半山坡上的那曲牧歌
哪怕被你录在了磁带上也请还给我
请还给我
　我与我兄弟姊妹的关系
哪怕只有半年也请还给我
请还给我爱的空间
哪怕被你用旧了也请还给我
请还给我整个地球
哪怕已经被你分割成
　一千个国家
　　一亿个村庄
　　　也请你还给我

7. 29. 1986

选自《严力诗选》，上海文艺出版社 1995 年版

【作者简介】

严力（1954—　），生于北京。当代诗人、画家、作家。是20世纪70年代中国诗歌史上产生过重大影响的“今天派”主要成员，“朦胧诗”的中坚力量。1985年留学美国,1987年在纽约创办“一行诗社”并出版诗刊《一行》，任主编。2001年5月开通《一行》诗歌艺术网站、论坛、日志。现居纽约和上海。出版诗集《酒故事》《严力诗选》《黄昏制造者》等。

【作品简析】

《还给我》这首诗借抒情主人公“我”既真情又颇有些无奈的表白，向我们人类那些已经失去的美好的传统和精神发出了“请还给我”的呼唤。表达了诗人严力对于美好理想的执着追求。

这首十六行诗好似一气呵成。全诗以“请还给我”开篇，以“请还给我”结束，传达的是一种祈求式的呼唤与期待，表明“我”当前所缺失的是人类本该拥有的天然和谐。诗人神往旧日的那扇门“没有装过锁”，虽有白天黑夜的交替，却有雄鸡“早晨叫醒”……而目睹当下，虽有“门”却“没有房间”，雄鸡只剩下了“骨头”，虽有笛子却失去了“牧歌”，以及“只有半年”的兄弟姊妹关系、用旧了的“爱的空间”和已经被“分割成一千个国家一亿个村庄”的地球。即便是这些都已破碎，诗人退而求其次，仍大声疾呼“也请还给我”。理性地看，没有房间，门有何用？雄鸡被人啃剩成一把骨头，已不能再将“我”叫醒，牧歌被录在了磁带上，成了虚拟的“牧歌”；还有，“只有半年”的“兄弟姊妹的关系”和“被你用旧了”的“爱的空间”以及“已经被你分割成/一千个国家/一亿个村庄”的“地球”，都直接指向这个世界的分裂、冷酷与非人道。这样的诗歌语言，让人一想到生存环境已被破坏就痛心疾首。理想的最高期待与满足要求的最低限度，这二者之间的对比反差，构成了一种强烈的反讽，而这种反讽明显是指向我们生存的这个世界。应该说，诗人较早觉悟到生态意识，及时表达了我们时代不能忽视的重大主题。

这首诗在艺术上的显著特色是排比、反复句式与层递手法的运用，极大地丰富了诗歌情感旋律的激越性和由小到大的的逻辑层次性，祈使句与让步假设句的运用，又将“我”诚挚的祈求清晰地展现给了读者。

蟋 蟀

李 瑛

产后的田野疲倦地睡了
喧闹如雨的秋声已经退去
夜，只剩一个最瘦的音符
执着地留下来
代替油盏，跳在
秋的深处，夜的深处，梦的深处

轻轻的，胆怯的
一只没有家，没有寒衣的蟋蟀
躲在我庭院的角落
挣扎地颤动着羽翅
嚯嚯，嚯嚯，嚯嚯
如一根最细的金属丝
从它生命的最深处抽出来
颤抖在落叶霜风里

会叫的白露
会叫的霜花
是我童年从豆秧下捉到的那一只吗
养在陶罐用草茎拨动它的长须
现在，我的童年早已枯萎

而今，这孤凄的叫声
像敲打着我永远不会开启的门
震撼着我多风多雨的六十个寒暑
六十年和今天的距离只有几米
但我不能回去

在秋的深处，夜的深处，梦的深处
一丝凄清的纤细的鸣叫
犹如从遥远传来的回声
嚯嚯，嚯嚯，嚯嚯
激起我心头满海的涛涌

1986 年

选自《李瑛诗文总集》，
中国文联出版社 2010 年版

【作者简介】

李瑛（1926— ），河北省丰润县人。当代诗人。1942年开始发表作品。1944年与人合出诗集《石城底青苗》。1945年考入北京大学中文系。1949年毕业，先后任记者、编辑、出版社社长、《诗刊》编委、总政文化部部长、中国作家协会主席团委员、中国文艺界联合会副主席、中国文联和中国作协荣誉委员、中国诗歌学会副会长等职。出版诗集有《枪》《我骄傲，我是一棵树》《春的笑容》《生命是一片叶子》《美国之旅》《在燃烧的战场》《一月的哀思》等五十余部。

【作品简析】

《蟋蟀》是李瑛六十岁时写下的一首著名的诗歌作品。诗人借蟋蟀在秋夜的出现，回忆自己难忘的童年，告诉读者要加倍珍惜美好的岁月与时光。

全诗共五节，分为三层。第一、二节为第一层。写秋凉的夜里，在田野上，在"庭院的角落"里，蟋蟀尽管"颤动着羽翅""颤抖在落叶霜风里"，但它依然十分活跃地"跳在秋的深处，夜的深处，梦的深处"。虽然叫声越来越微弱，却让秋夜倍显其寂静。第三、四节为第二层。写蟋蟀的微弱叫声惊人心灵，震人魂魄，极具穿透力，让诗人猛然回到自己快乐的童年生活："会叫的白露／会叫的霜花／是我童年从豆秧下捉到的那一只吗？""六十年和今天的距离只有几米／但我不能回去"。感情细腻敏感的诗人叹惜的是时光易逝。诗的最后一节为第三层，写蟋蟀的叫声引起诗人的心灵波动。"在秋的深处，夜的深处，梦的深处／一丝凄清的纤细的鸣叫／犹如从遥远传来的回声／嚁嚁，嚁嚁，嚁嚁／激起我心头满海的涛涌"，告诫读者，人生虽不再年少，但不能丢弃的是少年的壮志与精神。

这首诗写得含蓄又抒情。拟人化手法的运用，如"一只没有家，没有寒衣的蟋蟀"和动词精准模拟蟋蟀的状态，如"跳""抽""颤抖"等，为蟋蟀描画出生动的肖像。还运用了拈连和暗喻的修辞手法，如"养在陶罐用草茎拨动它的长须／现在，我的童年早已枯萎"，极大地丰富了诗歌的艺术张力。

来　客

陈东东

坐入黑暗。我的席子被风浸泡
也被退潮的声音吹拂
在夏天
灯突然熄灭
阴影晃动像夜间的来客

一个不会叫喊的来客
有透明的翅膀，如一只蝴蝶
一个认真倾听的来客
像夏天的树叶
在我的屋子里轻轻摇晃

我能够想象这样的时刻，我的血液
正淙淙作响
一只蝴蝶，或黑色的枝条
它们坐下来听我诉说。在夏天
灯突然熄灭
我等着下一个闪亮的阴影

选自《诗刊》，1987 年第 11 期

【作者简介】

陈东东（1961— ），祖籍江苏吴江，上海人，当代诗人。20世纪80年代初考入上海师范大学，读书期间开始写作。早期诗作讲究纯净的音乐性和意象性，后来诗风渐趋奇崛、冷艳，融合了古典诗学的敷陈和现代主义的寓言。曾创办和主编民间诗刊《倾向》《南方诗志》，策划和组织“三月三诗会”。主要诗集有《海神的一夜》《明净的部分》《即景与杂说》《夏之书·解禁书》《导游图》《流水》等。作品被译成多种文字在国外出版。

【作品简析】

作为“后朦胧诗”一代的中坚，陈东东的作品相当前卫。《来客》这首诗要表现的是诗人在夏夜的一种精神体验。

全诗分为三节。第一节写诗人静坐于夏夜，顿觉“灯突然熄灭 / 阴影晃动像夜间的来客”，翩翩起舞的灵魂带“我”进入了神境。而“我的席子被风浸泡 / 也被退潮的声音吹拂”两句极具通感艺术，也极具东方艺术的神韵。第二节写“一个不会叫喊的来客”“一个认真倾听的来客”在听“我诉说”。这里的“来客”只是虚拟，幻有幻无，故此说它“有透明的翅膀”“或黑色的枝条”。这个夏夜，诗人进入了物我相融、物我相知的境界。第三节写诗人在静夜时仿佛听得见自己的血液“正淙淙作响”，而“一只蝴蝶，或黑色的枝条 / 它们坐下来听我诉说”，可见，这个世界之静谧和生命之活力。

通读这首诗，感觉它带些禅意，带些神秘。它把一种精神体验也带给了读者，让我们也体会到一种静谧和愉悦。全诗的结尾“灯突然熄灭 / 我等着下一个闪亮的阴影”与第一节中的诗句“灯突然熄灭 / 阴影晃动像夜间的来客”构成诗意的螺旋循环，形成诗句的回旋感与诗意的浓郁感，这样的自由诗读后让人备感新鲜。

热爱生命

汪国真

我不去想，
是否能够成功，
既然选择了远方，
便只顾风雨兼程。

我不去想，
能否赢得爱情，
既然钟情于玫瑰，
就勇敢地吐露真诚。

我不去想，
身后会不会袭来寒风冷雨，
既然目标是地平线，
留给世界的只能是背影。

我不去想，
未来是平坦还是泥泞，
只要热爱生命，
一切，都在意料之中。

选自《追求》，1988年第2期

【作者简介】

汪国真（1956—2015），祖籍福建厦门，生于北京，当代诗人。初中毕业后进入北京第三光学仪器厂做工人，1982年毕业于暨南大学中文系，2005年到中国艺术研究院任文学艺术创作中心主任。1990年出版诗集《年轻的潮》，其后陆续出版《年轻的风》《年轻的思绪》《年轻的潇洒》等诗集，并有多种《汪国真诗文集》出版，掀起流行阅读风潮，其诗集发行量创有新诗以来诗集发行量之最，时称“汪国真现象”。汪国真的诗作，强调意象和个人理想的追求，对安抚痴迷者的心灵起过很大的作用。

【作品简析】

《热爱生命》是汪国真的诗歌代表作；主题积极向上、昂扬而又超脱，它以四个肯定的回答表达出为何要热爱生命的哲理；是一首非常适合朗读的抒情诗歌。

全诗分四节，每节四行，四个段落分别以“成功”“爱情”“目标”和“未来”为意象来回答。一旦《热爱生命》的标题映入眼帘自然会让你想起生命的价值。生命的价值是成功？是爱情？是自由？诗人给出的答案是过程。只要你努力于成功、爱情或自由，哪怕人生道路上是泥泞，也不算虚度。这首诗，每节都以“我不去想”开头，首先给出结果。紧接着，诗人再对“我不去想”的原因做出解释。第一节写追求者“选择了远方”，讲的是成功。第二节写追求者“钟情于玫瑰”，讲的是爱情。第三节写追求者向着既定“目标”前进，讲的是理想。第四节是写追求者不惧前方是“平坦还是泥泞”，因为“一切，都在意料之中”。第四节是对前三节的升华或具象化。汪国真并没有做直白的说教，而是蕴抽象的哲理于鲜明新颖的具象中，这就使他的诗增添了几分形象化的魅力，从内容上得以同格言和警句区别开来。

这首诗在艺术上具备了朗诵诗的特点。前三节的第三行都以“既然”开头，相同词句有规律地反复使用，形成诗歌独有的旋律。其次，节与节之间大致相同的语法结构，使得诗节之间形成一种诗歌独有的对称关系，便于朗诵者记忆。

日　记

海　子

姐姐，今夜我在德令哈，夜色笼罩
姐姐，我今夜只有戈壁

草原尽头我两手空空
悲痛时握不住一颗泪滴
姐姐，今夜我在德令哈
这是雨水中一座荒凉的城

除了那些路过的和居住的
德令哈……今夜
这是唯一的，最后的，抒情
这是唯一的，最后的，草原

我把石头还给石头
让胜利的胜利
今夜青稞只属于她自己
一切都在生长

今夜我只有美丽的戈壁空空
姐姐，今夜我不关心人类，我只想你

1988. 7. 25 火车经德令哈

选自 1990 年，《花城》第 4 期

【作者简介】

海子（1964—1989），原名查海生，安徽怀宁人。当代诗人。1979年考入北京大学法律系，大学期间开始诗歌创作。1983年毕业分配到中国政法大学哲学教研室任教。1989年3月26日在山海关卧轨自杀。诗集主要有《小站》、《河流》、《新娘》、《活在珍贵的人间》、《传说》、《房屋》、《五月的麦地》、《如一》、《村庄》、《但是水、水》、《祖国》、《麦地之瓮》、《太阳·断头篇》、《太阳·土地篇》、《太阳·大札撒》（残稿）、《太阳·弑》、《太阳，你是父亲的好女儿》、《太阳·诗剧》、《太阳·弥赛亚》、《土地篇》、《太阳，天堂和唱》、《春天，十个海子》、《黑夜的献诗》、《面朝大海，春暖花开》、《海子的诗》等。

【作品简析】

德令哈是一座荒凉的边疆小城，诗人乘车途经此地亲身感受到德令哈在夜色笼罩下的无边“荒凉”的景象，情不自禁，遂以日记的形式写下这首短诗。

诗中作为倾听者的“姐姐”这一形象，更多的应从象征的含义去理解。“姐姐”无疑是诗人深沉情感的寄托与慰藉对象。这首诗并没有阐发什么微言大义，纯粹是在抒发诗人自我的一种忧郁、凄凉而美丽的情绪，达到“纯抒情”的境界，极富感染效果。

该诗构思精妙。诗人通过环境的“荒凉”、冷寂来反衬出他内心情感的炽热似火，并通过反复渲染强化了诗人主体与事物客体在情感方向的冲突与反差，诗的内在张力由此凸现。另外，全诗在情绪节奏上显得非常流畅、连贯，抑扬起伏，转承自然，给人一气呵成之感。

面朝大海，春暖花开

海　子

从明天起，做一个幸福的人
喂马、劈柴，周游世界
从明天起，关心粮食和蔬菜
我有一所房子，面朝大海，春暖花开

从明天起，和每一个亲人通信
告诉他们我的幸福
那幸福的闪电告诉我的
我将告诉每一个人

给每一条河每一座山取一个温暖的名字
陌生人，我也为你祝福
愿你有一个灿烂的前程
愿你有情人终成眷属
愿你在尘世获得幸福
我只愿面朝大海，春暖花开

1989. 1. 13

选自《花城》，1990 年第 4 期

【作者简介】

见《日记》。

【作品简析】

《面朝大海，春暖花开》是当代诗歌的抒情名篇。它表达了诗人向往健康美好生活的强烈愿望。而“面朝大海，春暖花开”，更是人人都能吟诵的诗歌名句。

全诗分为三节。第一节写诗人的人生理想。他打算重整心绪，重建生活。“从明天起，做一个幸福的人”与“周游世界”表明了诗人的理想。“关心粮食和蔬菜”是积极的生活态度，是热爱生活的表现。诗人在想象中构建着自己的幸福家园，想象自己有一个超离生活之外，眺望大海的姿态和空间，在那里，诗人可以面朝大海，获得逍遥无待的精神自由。“面朝大海，春暖花开”显示了诗人丰富的想象力。第二节写诗人有与亲人分享幸福的情怀，“从明天起，和每一个亲人通信 / 告诉他们我的幸福”。第三节写诗人对世上所有的人与物的深深的祝福，“给每一条河每一座山取一个温暖的名字”“陌生人，我也为你祝福 / 愿你有一个灿烂的前程 / 愿你有情人终成眷属 / 愿你在尘世获得幸福”，全诗至此进入了一个全新的境界。“我只愿”暗示了诗人坚守自我的空间和姿态，只愿独自一人面朝大海，背对尘世，静看花开花落。

这首诗是海子后期诗歌最好读、最明白晓畅的一首诗。其语言质朴而富于意蕴，工整而富于变化，意象本色，思路飘逸。诗中巧妙地用一系列意象营造了优美的意境，充满了对人们前途命运的希望与祝福。

骑　手

吉狄马加

疯狂地
旋转后
他下了马
在一堆岩石旁躺下

头上是太阳
云朵离得远远

他睡着了
是的，他真的睡着了
身下的土地也因为他
而充满了睡意

然而就在这样的时候
他的血管里
响着的却依然是马蹄的声音

选自《一个彝人的梦想》，民族出版社 1989 年版

【作者简介】

吉狄马加（1961— ），四川凉山人，彝族，当代诗人。1982年毕业于西南民族学院中文系。曾任四川省凉山州文联《凉山文学》编辑部编辑、主编，凉山文联副主席、主席、党组书记；四川省作家协会副主席、党组成员、党组副书记兼秘书长；中国作家协会书记处书记、《民族文学》主编；青海省人民政府副省长、党组成员，青海省委常委、宣传部部长等职；现任中国作家协会副主席、党组成员、书记处书记，兼任中国少数民族作家学会会长，中国诗歌学会顾问。多次荣获中国国家文学奖和国际文学组织机构的奖励。出版诗集有《初恋》《一个彝人的梦想》等。吉狄马加的诗歌单行本先后被翻译成各种语言在意大利、英国、波兰、德国、法国、塞尔维亚、委瑞内拉、韩国、马其顿等十多个国家出版发行。

【作品简析】

《骑手》是吉狄马加早期诗歌创作的一首名作，收入1989年1月出版的《一个彝人的梦想》诗集中。这首诗勾勒出了世世代代生活在马背上的游牧民族的灵魂，道出了游牧民族的共同心声，而成为游牧民族共同的精神写照。

这首短诗共四节。第一节："他下了马/在一堆岩石旁躺下"，写奔跑的骑手下马休息。第二、三节："头上是太阳/云朵离得远远""他睡着了/是的，他真的睡着了/身下的土地也因为他/而充满了睡意"，写骑手的生存环境。第四节："然而就在这样的时候/他的血管里/响着的却依然是马蹄的声音"，写骑手的不懈追求。其中"他的血管里/响着的却依然是马蹄的声音"已成为流传广远的诗歌名句，为广大的诗歌爱好者所喜爱。

自20世纪90年代以来，在西南藏区就流传着一首非常著名的藏族歌曲《康巴汉子》，其歌词中的一句"血管里响着马蹄的声音"，正是引用了《骑手》中的名句"血管里有马蹄的声音"。而且"血管里响着马蹄的声音"这一诗歌名句巧妙地采用了通感的手法，将视觉和听觉重叠在一起，把骑手的形象写得生动逼真。在读者看来，骑手虽然在短暂休息，但他并没有停止驰骋，因为他的"血管里有马蹄的声音"。

永　恒

毛　毛

请这样爱我
我的好爱人
让我在你的怀里
做你最贴心的女儿
你
是我的儿子

选自《海蓝蓝的年龄》，湖南教育出版社 1989 年版

【作者简介】

毛毛（1964— ），曾在北京师范大学学习，自1984年以来，先后在《诗刊》《人民文学》《飞天》《作家》等十几家刊物发表诗作，作品收入过十几种选集。

【作品简析】

这首诗短短六行，却为读者描述了当代年轻女性的某种典型心态。

诗歌开篇是一声轻轻的呼唤，也是真情的提醒："请这样爱我／我的好爱人。"有人会说，爱是人的本能，还用得着去提醒和教会吗？其实，爱是人的本能，那是专指性爱，而爱情的表达方式则是后天形成的，且因人而异。诗中的这位少女她需要怎样的爱呢？诗人的表达很奇异："让我在你的怀里／做你最贴心的女儿／你／是我的儿子。"这里有两层意思：我是你的女儿，你是我的儿子。这两层意思在伦理上是讲不通的，是相互瓦解的。然而，放到爱情的层面上，"让我在你的怀里／做你最贴心的女儿"把女性的娇态，希望与对方心心相印准确地表达出来了；"你／是我的儿子"又显示出女性情场得意的骄傲与自豪。它不合"理"却很合"情"。我是你的女儿，你是我的儿子，体现了女性爱情上的"娇""骄"情态与女性先天的养护意识。

帕斯捷尔纳克

王家新

不能到你的墓地献上一束花
却注定要以一生的倾注，读你的诗
以几千里风雪的穿越
一个节日的破碎，和我灵魂的战栗

终于能按照自己的内心写作了
却不能按一个人的内心生活
这是我们共同的悲剧
你的嘴角更加缄默，那是

命运的秘密，你不能说出
只有承受、承受，让笔下的刻痕加深
为了获得，而放弃
为了生，你要求自己去死，彻底地死

这就是你，从一次次劫难里你找到我
检验我，使我的生命骤然疼痛
从雪到雪，我在北京的轰然泥泞的
公共汽车上读你的诗，我在心中

呼喊那些高贵的名字
那些放逐、牺牲、见证，那些
在弥撒曲的震颤中相逢的灵魂
那些死亡中的闪耀，和我的

自己的土地！那北方牲畜眼中的泪光
在风中燃烧的枫叶
人民胃中的黑暗、饥饿，我怎能
撇开这一切来谈论我自己？

正如你，要忍受更剧烈的风雪扑打
才能守住你的俄罗斯，你的
拉丽萨，那美丽的、再也不能伤害的
你的，不敢相信的奇迹

带着一身雪的寒气，就在眼前！
还有烛光照亮的列维坦的秋天
普希金诗韵中的死亡、赞美、罪孽
春天到来，广阔大地裸现的黑色

把灵魂朝向这一切吧，诗人
这是苦难，是从心底升起的最高律令
不是苦难，是你最终承担起的这些
仍无可阻止地，前来寻找我们

发掘我们：它在要求一个对称
或一支比回声更激荡的安魂曲
而我们，又怎配走到你的墓前？
这是耻辱！这是北京的十二月的冬天

这是你目光中的忧伤、探寻和质问
钟声一样，压迫着我的灵魂
这是痛苦、是幸福，要说出它
需要以冰雪来充满我的一生

作于 1990 年 12 月

选自《花城》，
1991 年第 2 期

【作者简介】

王家新（1957— ），湖北人，20世纪90年代以来知识分子写作的代表性诗人。1974年高中毕业后下放劳动，“文革”结束后考入武汉大学中文系。毕业后任教师、编辑等职，1992—1994年间在英国等国旅居，回国后任教于北京教育学院，现为中国人民大学文学院教授。曾多次应邀参加欧美和日本一些国家的国际诗歌节，并应邀在国外一些大学讲学，作驻校诗人。著有诗集《纪念》《游动悬崖》《王家新的诗》《楼梯》《未完成的诗》等。

【作品简析】

《帕斯捷尔纳克》是诗人王家新为纪念苏联著名作家帕斯捷尔纳克诞辰一百周年，逝世三十周年而创作的诗歌作品。这首诗采用心灵对话的方式，既走进了帕斯捷尔纳克的心灵世界，又融入了王家新的“自我”意象，表达了王家新对帕斯捷尔纳克以及对俄罗斯精神的深刻理解。

全诗共十一节，可分为三个部分。第一节为第一部分，写两位诗人之间灵魂相通、精神相近。第二节至第十节为第二部分，多角度、多层次赞颂帕斯捷尔纳克是“为了获得，而放弃”，放弃他自己的一切而成为艰难岁月和苦难命运的“承担者”。帕斯捷尔纳克是一个按照内心良知写作的诗人，他以“缄默”拒绝了世俗的喧哗，为了“人民胃中的黑暗、饥饿”，为了“守住你的俄罗斯”，为了保护“你的拉丽萨（帕斯捷尔纳克的女友）”，而将自己置于心灵世界的孤独与忧伤之中，哪怕“带着一身雪的寒气”，也要坚忍地承受，自信地等待“春天到来”。到此，诗作以个人的睿智和忧伤体认了一个时代苦难的形象。第十一节为第三部分，写从帕斯捷尔纳克的目光中读出的是“忧伤、探寻和质问 / 钟声一样，压迫着我的灵魂”，这里，帕斯捷尔纳克成为诗人王家新和同时代人借以自我观照、涤净心灵雾霭的一个精神上的象征。

这首诗全篇采用朴素、直接的心灵对话表达方式，所有的诗句都用来营造一个内心化的“自我”意象，王家新在其中注入了自己的人生感受，倾诉了自己的生命体验。帕斯捷尔纳克和王家新在诗中有如心理学中的双关图，从某种意义上说，帕斯捷尔纳克也就是王家新。这首诗诞生于20世纪90年代，改革开放的中国催生了新一代知识分子内在精神的觉醒，并以诗歌的形式记录下来。

埋葬了的爱情

苏金伞

那时我们爱得正苦
常常一同到城外沙丘中漫步
她用手拢起了一个小小坟茔
插上几根枯草，说：
这里埋葬了我们的爱情

第二天我独自来到这里
想把那座小沙堆移回家中
但什么也没有了
秋风在夜间已把它削平

第二年我又去凭吊
沙坡上雨水纵横，像她的泪痕
而沙地里已钻出几粒草芽
远远望去微微泛青
这不是枯草又发了芽
这是我们埋在地下的爱情
生了根

作者注：几十年前的秋天，姑娘约我到一个小县城的郊外。秋风阵阵。因为当时我出于羞怯没有亲她，一直遗恨至今！只有在暮年的黄昏默默回想多年以前的爱情。

86 岁作于 1992 年 5 月 27 日

选自《诗刊》，1993 年第 1 期

【作者简介】

苏金伞（1906—1997），原名苏鹤田，河南睢县人，现当代诗人。1926年毕业于河南省体育专科学校。曾在省内多所学校任教。1932年开始发表作品。进入解放区后，任华北大学三部文学创作组研究员。1949年加入中国作家协会。同年10月，调回河南筹办河南省文联。20世纪50年代被错划为“右派”。20世纪70年代末，重新开始创作。河南省第一届文联主席。著有诗集《窗外》《苏金伞诗选》《苏金伞新作选》等。

【作品简析】

《埋葬了的爱情》写的是诗人年轻时发生的爱情故事。在八十六岁时才无限深情地将它写出来，就显得更加凄美。在诗人看来，爱情可以被封建礼教剥夺，但是不能被忘记，并且爱情会由于长留在心中而得以永生。

全诗共三节。第一节写由于封建礼教和家长制的原因，“我”女友不得不在城外沙丘上“拢起了一个小小坟茔”，就这样“埋葬了我们的爱情”。初读诗文显得有些突兀，女友为什么要突然中断“我们”的关系？是不能互爱？是缺少感情共鸣？都不是。一行“常常一同到城外沙丘中漫步”的诗句足以说明两人感情深厚。只能说是封建礼教与家长制，父母之命与媒妁之言，才让我们“爱得正苦”。原来封建礼教是年轻人在爱情婚姻问题上难以逾越的巨大障碍，在那样的环境下，诗人毕竟难以成为封建礼教的反叛者，自由恋爱遂告失败。第二节写“我”第二天独自来到城外沙丘，想把女友亲手堆起的“坟茔”，也就是“小沙堆移回家中”，可无情的“秋风在夜间已把它削平”，它与“她”都没有踪影。第三节写“第二年我又去凭吊”，发现那里“雨水纵横，像她的泪痕”。同时，还发现“沙地里已钻出几粒草芽/远远望去微微泛青”，“我”由此认定，“这不是枯草又发了芽/这是我们埋在地下的爱情/生了根”。一个爱情悲剧最后发生转向，让诗人写出喜剧效果。是的，只要心上有了，就什么都有了。“她的泪痕”与“我”的思念互为印证，关系可以被剥夺，但爱情之树常青。

这首诗具有朴实自然、清新隽永的艺术风格，通篇散发着鲜明的中原地域特色和浓郁的生活气息，问世以后即受到国内外读者的喜爱，同时也再次证明诗人是我国乡土诗派的代表人物。

长大后我就成了你

宋青松

小时候我以为你很美丽，
领着一群小鸟飞来飞去，
小时候我以为你很神气，
说上一句话也惊天动地。
长大后我就成了你，
才知道那间教室放飞的是希望，
守巢的总是你。
长大后我就成了你，
才知道那块黑板写下的是真理，
擦去的是功利。

小时候我以为你很神秘，
让所有的难题成了乐趣。
小时候我以为你很有力，
你总喜欢把我们高高举起。
长大后我就成了你，
才知道那支粉笔画出的是彩虹，
洒下的是泪滴。
长大后我就成了你，
才知道那个讲台举起的是别人，
奉献的是自己。

选自 1992 年第二届全国“虹雨杯”歌词大赛一等奖作品

【作者简介】

宋青松（1963— ），生于山东省德州市宁津县，词作家。少年时随父亲到黑龙江，16岁考入牡丹江师范学校学习。毕业后任中学教师，并开始文学创作。曾担任牡丹江市文化局副局长，黑龙江省音乐家协会副主席，黑龙江省音乐文学学会副会长。2005年，作为特殊人才被引进到北京工作。担任北京市石景山区文化委员会副主任、石景山区文联主席、中国音乐文学学会常务理事、副秘书长等职。其创作尤以歌词成就突出，《长大后我就成了你》获全国歌词大赛一等奖，入选“全国百首优秀歌曲”及中小学教材。

【作品简析】

《长大后我就成了你》是一首歌词，也是一首非常好的诗，它描画了人民教师平凡的人生，赞颂了人民教师甘于奉献的精神。

歌词分为两段。两段歌词都运用了对比和呼应的手法。第一段：“小时候我以为你很美丽/领着一群小鸟飞来飞去/小时候我以为你很神气/说上一句话也惊天动地/长大后我就成了你/才知道那间教室放飞的是希望/守巢的总是你/长大后我就成了你/才知道那块黑板写下的是真理/擦去的是功利”，这里的“小时候”和“长大后”是对比，“放飞”是对“小鸟飞来飞去”的呼应。第二段：“小时候我以为你很神秘/让所有的难题成了乐趣/小时候我以为你很有力/你总喜欢把我们高高举起/长大后我就成了你/才知道那支粉笔画出的是彩虹/洒下的是泪滴/长大后我就成了你/才知道那个讲台举起的是别人/奉献的是自己”，这一段的对比和呼应也是不难找出的。

《长大后我就成了你》这首歌词在艺术上大量地运用了对比，例如：“那间教室放飞的是希望/守巢的总是你”“那块黑板写下的是真理/擦去的是功利”“那支粉笔画出的是彩虹/洒下的是泪滴”“那个讲台举起的是别人/奉献的是自己”，段与段之间、句与句之间形成大量的对比和呼应，读来令人感动。人民教师的奉献精神也在这种鲜明的对比中凸显。

斯　人

昌　耀

静极——谁的叹嘘?
密西西比河此刻风雨，在那边攀援而走。
地球这壁，一人无语独坐。

选自《命运之书·昌耀四十年诗作精品》，
青海人民出版社1994年版

【作者简介】

昌耀（1936—2000），原名王昌耀，湖南桃园人。当代诗人。1950年参加中国人民解放军并考入部队文工团，同年参加抗美援朝。1953年在朝鲜战场负伤转至河北省荣军学校读书。1954年在《河北文艺》发表处女作。1956年报名到大西北拓荒。1957年被错划为“右派”，并关入荣湟源看守所，后来被当作“有文化的犯人”选拔出来，在一家监狱工厂学炼钢。颠沛于青海垦区二十余年。“文革”后平反，仍坚持留在青海，在青海省作协从事专业创作。出版诗集有《昌耀抒情诗集》。1994年出版《命运之书·昌耀四十年诗作精品》等。

【作品简析】

这首诗只有短短的三行，却向读者传达了一种孤独感，表达了一个思想者永葆宽广的视野和那份世人皆睡我独醒的清醒。

诗中所写的情境应该是清晨或者是夜晚，只有这个时刻，喧闹的人间才会恢复寂静。短诗开篇就牵动了读者的心：“静极——谁的叹嘘？”是啊，在这个极静极静的世界里，是谁在那里叹息？他因何要长嘘短叹？他遭遇过什么不幸？诗人没有言明，读者则尽可能去发挥想象作独出心裁的理解。接下来的两行诗句，让读者恍然大悟，原来这个“叹嘘”的人正是诗人自己，尽管周边的环境极静极静，但诗人的思绪却并不平静，他神思飞越到地球的那一边，美国的密西西比河正经受着狂风暴雨的洗礼：“密西西比河此刻风雨，在那边攀援而走。”但热闹是在那边，而这边的诗人却是深深的孤独：“地球这壁，一人无语独坐。”诗人连自言自语都没有。

这首诗在艺术上的特点，一是运用了悬念手法，二是运用了动静对照，使得此诗极富动感和立体感。

诗两首

孔　孚

春　雷

声音有些痛苦，
但很响。

它告诉人们：
雨就在路上。

渤海印象（之一）

雾散去

风划一个舢板
上边站着太阳

选自《孔孚集》，中国社会科学出版社 1996 年版

【作者简介】

孔孚（1925—1997），原名孔令恒，字笑白。山东曲阜人。当代诗人。1947年毕业于山东师范学校，后到曲阜师范学校任教。1949年参加革命工作，任《大众日报》文艺编辑。1950年开始发表诗作。1957年错划为“右派”，下放胶河农场劳动。1979年平反，调入山东师大。1986年离休。从1979年至1982年间，创作了数百首山水诗。著有诗集《山水清音》《山水灵音》《孔孚集》《孔孚山水诗选》等。

【作品简析】

1979年，诗人孔孚平反复出。在短短的几年间，他抓住命运之神的最后一次眷顾，以一种恬淡闲适的心境，诗意勃发地创作了数百首短小精悍的山水诗。《春雷》和《渤海印象》（之一）是其中最有代表性的两首。

《春雷》这首诗写的是春雷作声、春雷催雨的景象。短短四行诗句“声音有些痛苦／但很响／它告诉人们／雨就在路上”，以拟人化的手法生动描述了春雷震天动地，以及人们盼望春雨喜迎春雨的期待心理。

《渤海印象》（之一）是《渤海印象》（组诗）中的一首，写的是渤海上大雾散去后的奇特景色。这首诗只有三行，因而不可能以细腻的笔触对渤海做大场景描述，诗人只是巧妙地抓住海上一个瞬间画面：因为风的吹动，有小船在海中荡来荡去，多像“风划一个舢板”。这时，恰好太阳升到了紧贴小船的位置。此景让细心的诗人看到，嘿，船的“上边站着太阳”！在这首小诗里，太阳被拟人化，好像也成了游客。另外，诗人将“风”和“太阳”都集中在一只小船上，以人们的错觉将无限的空间予以缩小，显得生动、形象，富于生活情趣。

这两首短诗均很好地体现了诗人孔孚后期的诗歌创作特色。诗境追求高远，意象朴素纯粹，诗歌语言有如家常话却又十分凝练。细读这两首诗，读者大都会得出这样的答案。

我的肉体

伊　蕾

我是深深的岩洞
渴望你野性之光的照射
我是浅色的云
铺满你僵硬的陆地
双腿野藤一样缠绕
乳房百合一样透明
脸盘儿桂花般清香
头发的深色枝条悠然荡漾
我的眼睛饱含露水
打湿了你的寂寞
大海的激情是有边沿的
而我没有边沿
走遍世界
你再也找不到比我更纯洁的肉体
我的肉体，给你的财富
又让你挥霍
我的长满青苔的皮肤足可抵御风暴
在废墟中永开不败

选自《中国百年诗歌选》，谢冕编选，山东文艺出版社 1997 年版

【作者简介】

伊蕾（1951— ），女，原名孙桂珍，天津人。当代诗人。中国作家协会会员，天津市作家协会理事。毕业于鲁迅文学院，北京大学中文系。1969年在天津初中毕业后到河北海兴县插队。1971年进河北武安铁道兵钢铁厂当过工人、广播员、电影放映员、新闻干事。1974年开始发表诗作，1982年进河北廊坊地区文联工作，做过《天津文学》编辑、《天津诗人报》主编等职。曾获庄重文文学奖。著有诗集《爱的火焰》《爱的方式》《独身女人的卧室》《伊蕾爱情诗》《叛逆的手》《女性年龄》等。

【作品简析】

《我的肉体》这首诗表现大胆，感情热烈。全诗为读者塑造了一个渴望爱情，又充满激情、充满自信与思想解放的女性形象。

全诗十八行。开头即直抒胸臆："我是深深的岩洞 / 渴望你野性之光的照射 / 我是浅色的云 / 铺满你僵硬的陆地。"接着，诗人为读者展示了"我"身体各部位的美："双腿野藤一样缠绕 / 乳房百合一样透明 / 脸盘儿桂花般清香 / 头发的深色枝条悠然荡漾 / 我的眼睛饱含露水 / 打湿了你的寂寞"，总之，"我"的全身（从下到上——从"双腿"到"头发"）都透着美丽，"我"的爱意又宽广无比，如"大海的激情是有边沿的 / 而我没有边沿"，但这份爱并不是泛爱或滥爱，而是专一的、认真的、纯洁的、令你满意的："走遍世界 / 你再也找不到比我更纯洁的肉体 / 我的肉体，给你的财富 / 又让你挥霍 / 我的长满青苔的皮肤足可抵御风暴 / 在废墟中永开不败。"

伊蕾在一次诗歌酒会上回答友人的问题时说过："（对于诗歌创作）我写的是绝望后的希望，在以生命来追求最后一次希望。"可见，伊蕾的诗饱含真情，有真实体验，而且她擅长于把日常体验转化为艺术真实。这首诗发表后引来一些议论，但它表现出的对于人性美的真情呼唤，谁也不能否认。

青海湖夜

晏　明

青海湖的夜，
是多梦的。

是谁躺在蓝缎子的
透明的波涛上？

想唱一支蓝缎子的歌？
想驾起幻想的羽翼远航？

上哪儿去？去哪儿？
夜风呵，请不要吹皱平静的浪。

果实，在湖边果树上成熟，
渔火，在湖面稍稍点亮。

青海湖啊，你说说，
你有多少梦幻的翅膀？

选自《二十世纪中国新诗选》，大众文艺出版社 1998 年版

【作者简介】

晏明（1920—2006），原名郭灿之，湖北云梦人。当代诗人。1940年开始发表作品。1941年后，曾参与编辑《诗丛》《武汉日报》文艺副刊。1949年后，曾在新民报社、北京日报社、北京出版社、北京十月文艺出版社等单位任职。曾任北京市作家协会诗歌散文创作委员会主任、中国城市诗歌艺术研究会名誉会长、中国音乐学院特约研究员等职。著有诗集《三月的夜》《收割的日子》《北京抒情诗》《春天的竖琴》《故乡的栀子花》《花的抒情诗》《一束野蔷薇》《东娥错那梦幻》《高原的诱惑》《晏明山水诗选》等。

【作品简析】

《青海湖夜》是一首风景诗。诗人把这首诗写得极有意境，为读者营造了一个童话般的世界。

宽阔的青海湖面在诗人的眼里是一幅“蓝缎子”，那里即使有“浪”也是“平静的”，湖面上有“稍稍点亮”的“渔火”，湖边有“成熟”的“果实”，那“透明的波涛”想“驾起幻想的羽翼远航”。诗人把一个高原上的内陆湖描写得如此具有飘飞感和美感，使每一个欣赏诗歌的读者要惊呼：诗歌也是进行爱国主义教育的一种绝好形式！

诗人晏明是一个写景的高手，他写的风景诗常常与童话接近，他擅长于捕捉自然景物“瞬间印象”中带有的本质特征，并且辅助于丰富的想象，因而使这些无灵性的、静止的或富有动态的自然景观变得有生命、有思想、有品格。

红　烛

——读闻一多诗后

车前子

远古时代有一位匠人
一生制了无数支蜡烛
有次手指被生活割破
那天就是红烛的诞辰
黑暗糊起茅屋的苦涩
红烛宛如竖着的手指
血滴在敲打他的桌子
匠人死了，还没燃尽夜色

选自《20世纪中国探索诗鉴赏》，河北人民出版社1999年版

【作者简介】

车前子（1963— ），原名顾盼，江苏苏州人。初中毕业后做过营业员，后在民办学校任教，现居北京。1982 年开始发表诗作。主要诗歌作品有《一颗葡萄》《藤花》《光与影》《蒲团》《红烛》《日常生活》《木雕》《鸟的飞翔》《听一张老唱片》《墨葡萄》《下午》《骑手与马》等，出版有诗集《纸梯》、《怀抱公鸡的素食者》（英文版）等。

【作品简析】

车前子的这首诗是悼念闻一多先生的同类诗中的佼佼者。

全诗仅八行。诗人的构思非常奇特，诗歌一开始就抛开了一切背景知识的交代，直接写“红烛”的诞生：“远古时代有一位匠人 / 一生制了无数支蜡烛 / 有次手指被生活割破 / 那天就是红烛的诞辰。”这里写“红烛”当然就是在写闻一多先生，那为什么闻一多先生成了“远古”的“匠人”呢？在诗人车前子眼里，闻一多先生是历史上一切正直、关心人民疾苦的诗人的代表，闻一多的命运就是所有正直知识分子的缩影。这样，就使此诗有一种历史的纵深感和广阔的含义空间，“红烛”是诗人们用鲜血和生命孕育而成的。“黑暗糊起茅屋的苦涩 / 红烛宛如竖着的手指 / 血滴在敲打他的桌子 / 匠人死了，还没燃尽夜色”，这里诗人运用了意象交融与叠加的手法，红烛即是手指，手指即是红烛，一边是无边的黑暗，一边是燃烧的“手指”，对比强烈，而“血滴在敲打他的桌子”化轻为重，赋予诗人强烈的感情色彩。全诗的最后一句：“匠人死了，还没燃尽夜色”，写出了诗人的深切忧患，使读者领悟到一种悲壮感。

这首诗在“手指”“红烛”和“血滴”“烛泪”上找到譬喻点，使得意象单纯，对比强烈，主观感受真实，是一首诗味醇厚的好诗。

西北二题（选一）

张子选

无人地带

在无人地带
你面前的石头是些
棕色皮肤的小孩
它们不说话也不会像花朵
像你期待的那样突然盛开
可你还是有些期待
你有时也突然站住
坚信石头上能长出树来
长出长长的思想状态的树来
在无人地带
要么你相信石头上会长出树来
要么你悲哀

选自《20世纪中国探索诗鉴赏》，河北人民出版社1999年版

【作者简介】

张子选（1962— ），出生于云南，祖籍辽宁抚顺，现居北京。当代诗人。当过中学教师、个体书店业务经理、工会干部、自由职业者、专栏作家、玩具设计师、电台直播节目主持人、期刊编辑和记者。自1980年起在海内外发表作品，并被收入多种选本。1983年至1989年在甘肃省阿克塞哈萨克族自治县中学工作期间，致力于改变西部诗歌创作面貌。其后，致力于《藏地诗篇》系列组诗的创作，迄今已有二百多首散见于海内外报刊。代表作有《阿克塞系列组诗》，著有诗集《红了马唇，绿了伤心》等。

【作品简析】

《无人地带》写出了人对自然的一种期待，一种自信，一种面对严酷的自然环境应该出现的一种精神状态。

这首诗选自诗人张子选《西北二题》中的第二首诗。西部的有些地方虽然是不毛之地，是无人地带，但诗歌开头即表达了诗人对西部怀有的美好情感："在无人地带/你面前的石头是些/棕色皮肤的小孩/它们不说话也不会像花朵/像你期待的那样突然盛开"。诗人用"小孩"来比喻"石头"，说明生活在西部的诗人虽然孤独，但没有绝望，仍满怀着坚定的信念！虽然面对的是不毛之地，但却收获了人类所独有的思想。所以，诗人仍然钟情这片土地："可你还是有些期待/你有时也突然站住/坚信石头上能长出树来"，这虽然只是诗人的幻想，但他紧接着说"石头上能长出树"是指"长出长长的思想状态的树"。在诗的结句，诗人还为读者提供了两种选择："要么你相信石头上会长出树来""要么你悲哀"，诗人自己当然是前一种选择。

《无人地带》在艺术上的一大特色是排比句式的运用："像……像""长出……长出""要么……要么"这种句式很好地表达了诗人坚定的信念。

谁跑得比闪电还快

黄礼孩

河流像我的血液
她知道我的渴
在迁徙的路上

我要活出贫穷
时代的丛林就要绿了
是什么沾湿了我的衣襟

丛林在飞
我的心在疲倦中晃动
人生像一次闪电一样短
我还没有来得及悲伤
生活又催促我去奔跑

作于 2000 年

选自《谁跑得比闪电还快》，花城出版社 2016 年版

【作者简介】

黄礼孩（1971— ），广东徐闻人，当代诗人。曾求学于中山大学、北京大学。现居广州。在《诗刊》《星星》《诗歌月刊》《诗选刊》《上海文学》《青年文学》《大家》等刊发表诗歌作品。出版诗集《我对命运所知甚少》《一个人的好天气》等多部。诗歌作品被译成多种文字介绍到国外。主编的诗歌选本有《70后诗人诗选》《新女性新诗歌》等。

【作品简析】

《谁跑得比闪电还快》是诗人黄礼孩在世纪之交创作的一首诗歌作品，被广为传诵，也是一首直面时间奥秘的探索之作。世人都道光阴如梭、人生苦短，诗人通过这首作品提醒人们要珍惜生命时光。

全诗分为三节。诗的第一节："河流像我的血液／她知道我的渴／在迁徙的路上"，是的，河流正如时间一样，在不断迁徙，若是静止的河流就不叫河流，只能说是死水一潭，或者叫作干涸的河床。这里，"河流""我"，通过"血液"这一意象置换，"河流"的生命就是"我"的生命，"河流"的迁徙就是"我"的迁徙，在迁徙中，一切多余的都将被舍弃。诗的第二节："我要活出贫穷／时代的丛林就要绿了／是什么沾湿了我的衣襟"，在诗人看来，人的一生就是在不断舍弃，一直到最后连生命都终将舍弃。如果说贫穷意味着一无所有，那么诗人早把一切看淡。于是诗人很坦诚地说"我要活出贫穷"。尽管生活在催促着诗人去奔跑，但他已明白了一切。因而，诗的第三节写道："丛林在飞／我的心在疲倦中晃动／人生像一次闪电一样短／我还没有来得及悲伤／生活又催促我去奔跑"，这里，诗人感到周遭的丛林在飞，这其实是他奔跑中的幻觉，是诗人在飞而非丛林在飞。奔跑中诗人感到了疲倦，但追求像奔腾不息的河流一样，奔跑的脚步从不会停止。要实现追求，就来不及悲伤，就必须奔跑。

"人生像一次闪电一样短"已成为新诗名句。

房　租

张绍民

在娘身上十个月
我一生也交不起这房租
母亲给了我最为美好的人生空间

选自《诗刊》(上半月刊)，2003年3月号

【作者简介】

张绍民（1970— ），湖南人，当代诗人。毕业于湖南师范大学中文系。诗歌《从前的灯光》在2005年“第二届短信文学大奖赛”中获得最高奖“金拇指奖”。

【作品简析】

诗歌需要凝练的语言表现和真切的情感表达。《房租》仅三行，共三十一个字，诗人张绍民在这首短诗中真情颂扬了我们人类共同的也是永恒的母爱，从而生动形象地诠释了“世上只有妈妈好”这一命题。

这首诗的第一行诗句“在娘身上十个月”，一句话就将身怀六甲的年轻母亲形象生动简洁地描画出来了。第二行诗句“我一生也交不起这房租”，这里将诞生“生命”的子宫比喻为房间，房间是让人居住的地方，而房租是需要偿还的。当然，生身母亲从没有向儿女们收取过房租。“我一生也交不起这房租”这一句真切表达了晚辈强烈地感受到母亲的养育之恩重如山。第三行诗句“母亲给了我最为美好的人生空间”，深情赞美了生养儿女的母亲最伟大最宝贵最无私的母爱。

《房租》一诗采用错位法，其想象奇特，手法新鲜，诗意挖掘更是独创。全诗将母腹中享受着母爱的精血营养的胎儿，喻为成人，他“生活”在这人生最美好而又温暖的空间里。全诗将看不见的情感化虚为实，让读者真切地感悟其中的真情和诗意，最终将诗人要寄托抒发的情感落在了实处。全诗通过拟物化手法来强化诗意，平添了诗歌的艺术魅力。

看　见

荣　荣

我看见自己在打一场比赛
来回奔跑
一次次接发自己的球
也一次次愉快地失手

没有人替我助攻
也没有谁站到我的对面
就像许多回不假思索地转身
看见我把自己拎在手中

那总是些情绪激扬的梦
我穿着中性的衣服
羞于确认自己还是女人
我不会再被谁带走
也不会再被谁丢弃

我无法停下来
我发现幸福就是一只球
我要独个儿把它玩转

选自《看见》，宁波出版社 2005 年版

【作者简介】

荣荣（1964—　），女，原名褚佩荣。祖籍余姚，浙江宁波人，当代诗人。1984年毕业于浙江师范大学化学系。1997年加入中国作家协会。现为《文学港》杂志副主编。先后做过教师、公务员。曾获首届徐志摩诗歌节“青年诗人奖”、第五届华人青年诗人奖、“新世纪全国十佳女诗人”称号，诗集《像我的亲人》获第二届中国女性文学奖。诗集《看见》获第四届鲁迅文学奖。著有诗集《风中的花束》《闲夜无眠》《流行传唱》等。长诗《仅有爱情是不够的》获十佳女诗人奖。

【作品简析】

《看见》是诗人荣荣的一首诗歌代表作，也是荣荣获第四届鲁迅文学奖诗集的名称，《看见》这首诗选自这本诗集，它通过一个梦境的叙写，颂扬了一种自觉、自励的奋斗精神。

全诗分为四节，共十六行。第一节：“我看见自己在打一场比赛／来回奔跑／一次次接发自己的球／也一次次愉快地失手”，写诗人自己直面挫折的人生，尽管一次次失手，仍顽强地“来回奔跑”，这种拼搏精神不是人人皆有。这里的“看见”实则是梦见。第二节“没有人替我助攻／也没有谁站到我的对面／就像许多回不假思索地转身／看见我把自己拎在手中”，写诗人独立的担当意识。第三节“那总是些情绪激扬的梦／我穿着中性的衣服／羞于确认自己还是女人／我不会再被谁带走／也不会再被谁丢弃”，写诗人虽然置身于职场之中，却有着强烈的自我奋斗意识。第四节“我无法停下来／我发现幸福就是一只球／我要独个儿把它玩转”，写诗人清醒地认识到，求人不如求己，“幸福”要靠自己“独个儿把它玩转”，这三行诗句与朱自清先生的“你要光明／你自己去造”有异曲同工之妙。

《看见》这首诗以白描的手法描述了抒情主人公在运动场上“奔跑”“转身”“带走”等特写场面，启迪人们要创造“幸福”，就必须投身于艰辛创造的“过程”之中。而象征“玩转”“幸福”的这“一只球”最后点题，强烈地感染着每一位读者，给人以恍然大悟之感。

极端的秋天

树　才

秋天宁静得
像一位厌倦了思想的
思想者。他仍然
宁静而痛切地
沉思着。

秋天干净得
像一只站在草原尽头的
小羊羔。她无助
而纯洁，令天空
俯下身来。

树叶从枝丫上簌簌飘落。
安魂曲来自一把断裂的
吉它。思想对于生命，
是另一种怜悯。

所幸，季节到了秋天，
也像一具肉身，
开始经历到一点点灵魂。

秋天总让人想起什么，想说什么。
树木颤抖着，以为能挽留什么，
其实只是一天比一天地
光秃秃。

秋天是一面镜子。我把着它
陷入自省，并呐呐地
为看不见的灵魂祈祷。

选自《燕赵诗刊》，2007 年 1 期

【作者简介】

树才（1965— ），浙江奉化人，当代诗人。1987年毕业于北京外国语学院（现北京外国语大学）法语系。1990—1994年在中国驻塞内加尔大使馆任外交官。1997年11月，应邀参加法国巴黎第四届国际诗歌节。2000年6月，调入中国社会科学院外国文学研究所，任副研究员。著有诗集《单独者》等。译著有《勒韦尔迪诗选》《夏尔诗选》《博纳富瓦诗选》等。2008年获法国政府颁发的"教育骑士"勋章。

【作品简析】

《极端的秋天》是诗人树才吟咏秋天的一首诗歌名作。诗中描写秋天繁华落尽，一切归于宁静，生命期待新的轮回。诗人借以表达自己对自然万物独特的怜悯和冷静的思考。

全诗共六节，可分为三个部分。第一节和第二节为第一部分，写秋天的总体特征：既宁静又干净。诗中的第一节写万物停止了生长，秋天变得宁静，好像在"痛切"地陷入沉思。第二节写秋天干净得像远在天边的一只小羊羔，因为"纯洁"引来天空"俯下身来"表示爱怜。第三节和第四节为第二部分，写秋天具有灵性：第三节写树叶飘落，吉他安魂；第四节写季节到了秋天，像肉身具有一点点灵性。第五节和第六节为第三部分，写秋天与人类的关系以及带给人们的启示：在秋天里，"树木颤抖着，以为能挽留什么"，但最终留下的仍是"光秃秃"的枝丫；而人们对于自然万物呢？应该是充满期待，"为看不见的灵魂祈祷"，祈祷它们重生。

《极端的秋天》在艺术上的特色，是通篇采用拟人化的手法将秋天写得有思想、有灵性、有期待。诗人将一个常见的题材写出了新意，因而带给读者的是惊喜与思考。

神降临的小站

李少君

三五间小木屋
泼溅出一两点灯火
我小如一只蚂蚁
今夜滞留在呼仑贝尔大草原中央
　　的一个无名小站
独自承受凛冽孤独但内心安宁

背后，站着猛虎般严酷的初冬寒夜
再背后，横着一条清晰而空旷的马路
再背后，是缓缓流淌的额尔古纳河
　　在黑暗中它亮如一道白光
再背后，是一望无际的简洁的白桦林
　　和枯寂明净的苍茫荒野
再背后，是低空静静闪烁的星星
　　和蓝绒绒的温柔的夜幕

再背后，是神居住的广大的北方

选自《诗刊》（上半月刊），2010年9月号

【作者简介】

李少君（1967— ），湖南湘乡人，当代诗人。1989年毕业于武汉大学新闻系，曾任《天涯》杂志主编，海南省文联专职副主席，现任《诗刊》副主编，中国作家协会诗歌委员会委员，一级作家。曾多次应邀参加国际诗歌节，被誉为“自然诗人”。主要著作有《自然集》《草根集》《诗歌读本：三十二首诗》《蓝吧》《在自然的庙堂里》《文化的附加值》《神降临的小站》等，其诗作入选数十种选本，并被翻译成英文、德文、韩文、瑞典文、塞尔维亚文、越南文等。

【作品简析】

《神降临的小站》是诗人李少君的一首优秀写景诗。表达了诗人初到某地的宁静心情和对北方原野的感悟。

全诗分为三节。第一节写诗人偶然间立身于“呼仑贝尔大草原中央的一个无名小站”，虽然孤单，但“内心安宁”。第二节里诗人呈放射状逐层描述了“小站”背后的“寒夜”“马路”“额尔古纳河”“白桦林”“苍茫荒野”以及“星星”和“夜幕”，这里，诗人充分展开想象的翅膀，“神”一般地仰望星空、俯视大地，但见北方的“寒夜”猛虎般严酷，“马路”空旷而清晰，“额尔古纳河”亮着一道白光，“白桦林”一望无际，“苍茫荒野”明静枯寂，“星星”在低空闪烁，“夜幕”呈现蓝绒绒的温柔，这些描写让整个诗篇散发着神秘而幽深的气息，同时也表达了诗人孤单而安宁的宗教心怀。诗人此时不但置身于北方，且已融入北方，诗人与北方已成浑然一体。诗中的最后一节也是全诗的最后一行，“再背后，是神居住的广大的北方”，是神居住的北方，当然也是人居住的北方，诗人借众生崇拜的神灵居住在北方表达对北方的由衷赞美。

《神降临的小站》这首诗采用白描手法，以人的视角：“地面——空中——地面”写神性的自然，诗人由近及远、由小到大，将夜色包裹下的北方层层展开，而放射状或涟漪状的扩散想象又极具画面感，使得这首诗成为新诗中的一个典范。

从前慢

木　心

记得早先少年时
大家诚诚恳恳
说一句　是一句

清早上火车站
长街黑暗无行人
卖豆浆的小店冒着热气

从前的日色变得慢
车，马，邮件都慢
一生只够爱一个人

从前的锁也好看
钥匙精美有样子
你锁了人家就懂了

选自《云雀叫了一整天》，
中国台北印刻文学生活杂志出版有限公司 2012 年版

【作者简介】

木心（1927—2011），本名孙璞，字仰中，号牧心，笔名木心。浙江桐乡乌镇人，当代诗人。1946年，入刘海粟创办的上海美术专科学校学习油画，不久转到林风眠门下，入杭州国立艺专。曾任杭州绘画研究社社长，上海市工艺美术中心总设计师，上海市工艺美术协会秘书长，《美化生活》期刊主编，上海交通大学教授。1982年自费留学美国，定居纽约。2006年回到乌镇。出版诗集有《西班牙三棵树》《我纷纷的情欲》《巴珑》《伪所罗门书》《云雀叫了一整天》等。

【作品简析】

《从前慢》这首小诗是诗人木心晚年爆红网络的作品。这是诗人向滔滔流逝的岁月表白自己的真心与真情。这首诗因抒写了诗人自己的怀旧心态，而在广大读者中产生了广泛的共鸣。

全诗分为四节。第一节："记得早先少年时 / 大家诚诚恳恳 / 说一句，是一句"，诗人深情回忆自己难忘的少年时光，对邻里街坊之间的以诚相待流露出的无限推崇。第二节："清早上火车站 / 长街黑暗无行人 / 卖豆浆的小店冒着热气"，这一节有着凌空俯视般的画面感，从"火车站""长街""小店"等意象中能够断定这是一种古色古香的小镇写意，而空间的寂静阔大衬托出时间之慢。第三节："从前的日色变得慢 / 车，马，邮件都慢 / 一生只够爱一个人"，这一节里诗人举证了"从前"生活节奏很"慢"的几个意象。不仅仅是"日色"慢、"车"慢、"马"慢，连情感也慢，因为"一生只够爱一个人"。诗人颂扬的这种爱，不是张嘴就能说出来的爱，而是时间的积攒，是要用一生去付出的爱，而且是只为"一个人"的。这与朝三暮四、水性杨花的那种爱有着天壤之别。第四节："从前的锁也好看 / 钥匙精美有样子 / 你锁了人家就懂了"，这里的锁与钥匙，应该是指的"爱情密码"，一个"懂"字，既含蓄又明确，值得读者玩味。

《从前慢》这首诗采用白描手法表达了诗人对真善美的无限向往。虽然全诗写的是诗人对过往生活的回忆，但睁眼看世界的少年，冒着热气的小店，传递爱意的车、马、邮件、书信，精美的锁和钥匙都是从前的事物，有着丰满生活的质感。年老的诗人不经意间写就的这首短诗，其情也真，其言也善，全诗几乎没有任何写诗技巧，似娓娓道出，让人惊叹。

在当金山口

阿 信

突然想做一回牧人
反穿皮袄，赶羊下山——

把羊群赶往甘肃。
把羊群赶过青海。
把羊群赶回新疆。

在阿尔金山和祁连山结合部
在飞鸟不驻的当金山口
一个哈萨克牧羊人，背对着风，向我借火。

选自阿信新浪博客，2012 年 8 月 26 日

【作者简介】

阿信（1964— ），男，甘肃临洮人，长期在甘南藏区工作。1985年开始写作，作品大多以青藏高原、甘南草地为背景。参加诗刊社第14届“青春诗会”。出版有《阿信的诗》《草地诗篇》等。

【作品简析】

《在当金山口》这首诗是诗人阿信组诗《向西》中的一首短诗，它颇像诗人采集的几个关于西部风光的特写镜头，引人刮目相看，入选了2012年度“中国好诗歌”。

全诗仅八行，分为三节。第一节写诗人的想象：“突然想做一回牧人/反穿皮袄，赶羊下山”，在诗人那里，牧羊人都是潇洒地“反穿皮袄，赶羊下山”，似乎当一个牧羊人简单。第二节写诗人心中的羡慕：诗人眼中牧羊人的生活都是自由自在惯了，将羊群赶往哪里都可以，“把羊群赶往甘肃/把羊群赶过青海/把羊群赶回新疆”，牧羊人的生活空间如此辽阔，诗人难免羡慕这惬意的牧羊生活！然而，紧接着诗的第三节道破了牧羊人的生活真相，诗意在此发生了转折：“在阿尔金山和祁连山结合部/在飞鸟不驻的当金山口/一个哈萨克牧羊人，背对着风，向我借火”，在这节诗里，读者与诗人一同看清了牧羊人真实的生活状态。在这个渺无人烟的甘肃、青海、新疆三省区交界处的当金山口，在飞鸟也不愿意停留的地方，一个哈萨克牧羊人，他站在山口也是大风口，想抽烟却连点火都有些困难，他与诗人相见却没有话，也许不知道该说什么话，只得以抽烟驱散孤独。在这里，一个哈萨克牧羊人，他“背对着风”地生活在现实中，一个诗人，他想做一回牧羊人，却活在理想中。两个个体因为诗人的浪漫理想竟然站到了一起，他们正以借火的方式进行交流，这种交流是温暖的，然而这种理想与现实之间的落差也是十分明显的。

这首诗在艺术上极具画面感，因而读后让人顿生亲切。诗人采用对比手法，巧妙地将“牧羊人”与“诗人”、“羊群”与“飞鸟”放在一起进行对比，让读者对“牧羊人”心生无比的敬意，对“羊群”产生无比的怜悯之情。而理想与现实的落差面前，诗人还要不要做一回牧羊人，诗中并没有给出答案。这个答案应是诗人交给读者来回答的。

父亲与草

汤养宗

我父亲说草是除不完的
他在地里锄了一辈子草
他死后，草又在他坟头长了出来

选自《凤凰》（上半年卷），2014 年

【作者简介】

汤养宗（1959— ），福建霞浦人。当代诗人。当过导弹护卫舰的声纳兵。退伍后在剧团担任编剧长达八年时间，后又在县文联工作八年，主要从事诗歌写作。后在电视台里负责宣传工作。现任霞浦县人大副主任。《家住海边》组诗12首，1994年获福建省人民政府首届“百花文艺奖”二等奖。2003年获《星星》诗刊、《诗歌月刊》联合设立的“中国年度诗歌奖”，2006年获人民文学奖。著有诗歌集《水上吉普赛》《黑得无比的白》等。

【作品简析】

《父亲与草》是诗人汤养宗的一首短诗，写的是父亲与草的关系，表达的是对父亲无尽的思念和对生死交替、生命轮回的慨叹。

全诗仅三行。第一行诗是诗人为父亲“立言”：“我父亲说草是除不完的”，这里诗人说的是“我父亲”而不是别人的父亲，“我”的主观介入，不是语义重复，而是点出了血缘关系，凸显了亲情，也表达了怀念。第二行诗是替父亲“记行”：“他在地里锄了一辈子草”，这一句言说自己的父亲当了一辈子农民，在地里锄了一辈子草，是为父亲立传。前两行诗是实写“草”，是借“父亲”说“草”。第三行诗表达对生身父亲无尽的怀念：“他死后，草又在他坟头长了出来”，这里是虚写“草”，借“草”（或除草）来写“父亲”。草，是这首诗的诗眼。这一句中的“草”，已成为父子之间割舍不了的情感纽带。诗人和父亲一个在阳间，一个在阴间，应该说，每每见到生命力旺盛的“草”，诗人睹物思人，就会想到父亲的言和行，诗人怀念父亲的情感一定像草一样生生不息。

初读《父亲与草》，感觉它不过是诗人从心底流淌出的三句口语，但只要多读几遍，就会发现，诗中既饱含真情又娓娓道来的朴素语言，以及白描和虚实相间手法的运用让人惊叹。也许是真情成就了这一诗歌经典。

通天河

商　震

一直向东
通天河坚守几千年的信条

白云主动加入流水
动物的声音、植物的气息、石头的棱角
还有许多事物的梦
都在持续加入
曲折、跌宕、万里之遥
河水负重越大
跑得越快

被改过几个名字
没有改过身份
被多次拦截
仍然闯关夺隘

到达大海
河水才会安静
汇入海水
通天河才隐姓埋名

我在河边东望
给河水又增加了一些重量
我的影子和隐秘被它带走
有些水经过了我的额头

选自《半张脸》，中国青年出版社2016年版

【作者简介】

商震（1960— ），辽宁省营口市人。20世纪70年代末期开始写诗。曾任《人民文学》副主编，现任《诗刊》常务副主编。出版有诗集《大漠孤烟》《无序排队》《半张脸》等。

【作品简析】

诗歌《通天河》是诗人商震的代表作之一。这首诗描写通天河执着向东奔流，颂扬了通天河一泻千里、从不动摇的顽强意志，同时也表达了诗人对人生的思考与理解。

全诗分为五节。第一节："一直向东/通天河坚守几千年的信条"，写通天河自诞生以来从未改变过自己的方向。第二节："白云主动加入流水/动物的声音、植物的气息、石头的棱角/还有许多事物的梦/还有许多事物的梦/都在持续加入"，写通天河拥有众多的同道和同盟者，通天河并不孤单。第三节："被改过几个名字/没有改过身份/被多次拦截/仍然闯关夺隘"，写通天河不被人左右、勇往直前的本性。第四节："到达大海/河水才会安静/汇入海水/通天河才隐姓埋名"，写通天河融入海洋，让生命成为永恒。

气势磅礴的通天河是长江流经青海省玉树州的名字，全长800公里，穿行于唐古拉山脉和昆仑山脉的宽谷之中。通天河两岸风光险峻奇绝，是西宁通往玉树、青海通往西藏的必经之路。《通天河》这首诗是诗人立身于河边观望、思考所得。全诗采用白描的手法写景状物，因为诗人的加入，极有现场感，诗中多处融哲理于朴素之中，读来通俗易懂，是一首描写通天河的佳作。

捉蝴蝶

张贤明

阳光照着花园，
蝴蝶立在花蕊上面。
我悄悄地靠近，
想轻轻地捉住它。
谁料它忽然展翅，
从一朵花——
飞向另一朵花。

我穿行在花丛中，
露水打湿了双脚。
我很想捉住一只，
眼看到手却又飞走。
蝴蝶依然在眼前飞舞，
依然在花蕊上停留。

选自《好爸爸童谣》，
中译出版社 2017 年版

【作者简介】

张贤明（1963— ），湖北黄冈人，毕业于北京师范大学。长期在文化单位工作，致力于诗歌的研究和创作。曾在《人民日报》《中国新闻出版报》《诗刊》《中国作家》《中国儿童报》《中国儿童画报》《娃娃画报》《小青蛙报》《大学生》《小朋友》等报刊发表抒情诗和儿童诗。主编有《中国好诗歌·你不可错过的古诗词》、《中国好童谣》（两卷）、《中国好童诗·古诗童声卷》、《中国好童诗·古诗童影卷》等，出版儿童诗集《好爸爸童谣》。

【作品简析】

《捉蝴蝶》是一首儿童诗。这首诗表面上写的是儿童捉蝴蝶的一个场面，实际上要表达的是捉蝴蝶的人一直在不懈地追寻、不断地接近目标，但还没有实现目标的一种状态。

全诗分为两节。第一节的前两句："阳光照着花园，/蝴蝶立在花蕊上面"，写"我"散步在花园中，很快发现了美丽的目标——"蝴蝶"。第三、四句写"我"开始不动声色的追求，"我悄悄地靠近/想轻轻地捉住它"，结果呢？"谁料它忽然展翅/从一朵花/飞向另一朵花"，这说明目标本身存在不确定性，它不断地发生位移，作为追求者的"我"该如何对待目标呢？

这首诗的第二节写追求者持续追逐目标。这一节的前两句"我穿行在花丛中/露水打湿了双脚"，形象贴切地表达了追求者仍在不停地追逐。第三、四句"我很想捉住一只/眼看到手却又飞走"，写"我"与目标若即若离的状态。全诗的最后两句"蝴蝶依然在眼前飞舞/依然在花蕊上停留"，写目标仍在"我"眼前闪耀，"我"在不断地接近目标。

《捉蝴蝶》以白描手法和细节刻画诗意地描写了儿童捉蝴蝶的精彩过程，情节单一，意象单纯。虽然蝴蝶没有捉到，但全诗并没有流露出丝毫的茫然或困惑情绪，却给读者以阳光下的清新明净感，给人以人生的重大启示，只要不断持续地努力，就会不断接近目标。

图书在版编目（CIP）数据

百年新诗代表作 . 1949-2017 / 张贤明编著 . -- 北京 : 现代出版社，2017.10

ISBN 978-7-5143-5995-4

Ⅰ. ①百… Ⅱ. ①张… Ⅲ. ①新诗—诗集—中国— 1949-2017 Ⅳ. ① I226.1

中国版本图书馆 CIP 数据核字（2017）第 251909 号

百年新诗代表作 .1949-2017

编　　著：张贤明
责任编辑：曾雪梅
出版发行：现代出版社
通信地址：北京市安定门外安华里 504 号
邮政编码：100011
电　　话：010-64267325　64245264（传真）
网　　址：www.1980xd.com
电子邮箱：xiandai@vip.sina.com
印　　刷：三河市金泰源印务有限公司

开　　本：710mm×1000mm　1/16　　印　　张：14.25
版　　次：2018 年 1 月第 1 版　　印　　次：2018 年 1 月第 1 次印刷
书　　号：ISBN 978-7-5143-5995-4
定　　价：39.80元

版权所有，翻印必究；未经许可，不得转载